AN SVAISTÍCE GLAS

An Svaistíce Glas

Úrscéal don Fhoghlaimeoir Fásta

LIAM MAC UISTIN

An Clóchomhar Tta
Baile Átha Cliath

An Chéad Chló 2004
© An Clóchomhar

Faigheann An Clóchomhar tacaíocht airgid

ó

 Bhord na Leabhar Gaeilge

Clólann Uí Mhathúna a chlóbhuail

Caibidil a hAon

AN MISEAN RÚNDA

(Tá an dara Cogadh Domhanda ar siúl.
Seoltar oifigeach Gearmánach, Kurt Kruger, ar
mhisean rúnda go hÉirinn)

Scinn an t-eitleán tríd an dorchadas. Stán Kurt agus an píolóid amach go himníoch. "Sin é an comhartha!" a scairt an píolóid. Shín sé a mhéar i dtreo solais gealánaigh* ar an talamh.

"Ullmhaigh chun léime," a d'ordaigh sé.

Chuaigh Kurt go cúl an eitleáin. Bhí doras á oscailt ag an sáirsint ón Luftwaffe. D'fháisc* Kurt na stropaí ar a pharaisiút. Bhí an doras ar lánoscailt anois. Réab an ghaoth isteach san eitleán. Tharraing Kurt domhain-anáil agus léim sé amach. Thit sé anuas go tapaidh. Chomhairigh sé a deich. Ansin tharraing sé corda scaoilte an pharaisiúit. Shnap an ceannbhrat ar oscailt. Thit sé anuas go mall. D'imigh an t-eitleán as radharc.

Ag tuirlingt dó smaoinigh Kurt ar na cúrsaí a sheol é ar an misean rúnda seo. Dlíodóir ba ea é sular bhris an cogadh amach. Níor thaitin an dlí leis. Ach bhí tuarastal maith aige agus thug sin deis dó luamh* a cheannach. Níorbh fhearr leis aon ní ach bheith ag seoltóireacht. Bhuail a chosa an talamh. Chuaigh sé thar a chorp*. D'éirigh sé ina sheasamh. Bhain sé an paraisiút de féin agus chuir sé i bhfolach é sa talamh.

i dtreo solais gealánaigh – *toward a flashing light*
d'fháisc – *tightened*
luamh – *yacht*
chuaigh sé thar a chorp – *he rolled over*

Bhí cnoc i ngar dó agus teachín ar a mhullach. Chonaic sé solas gealánach i bhfuinneog. Dheifrigh sé i dtreo an teachín. Bhí sé báite in allas nuair a shroich sé é. Bhí Máirín ag feitheamh ag an doras.

"Fáilte romhat," a dúirt sí.

Chuaigh siad isteach agus dhún sí an doras. Stán sí ar a éide draoibeáilte*. "Tá malairt éadaí sa seomra leapa."

Chuaigh Kurt isteach sa seomra leapa. Chuir sé malairt éadaí air féin. Nuair a d'fhill sé ar an seomra eile bhí béile ar an mbord.

"Suigh agus ith," a dúirt Máirín.

D'ith Kurt go craosach. "Is maith an t-anlann an t-ocras*," a dúirt sí. D'fhan sí ina tost go dtí gur chríochnaigh sé an béile. "Conas tá Frainc?" a d'fhiafraigh sí ansin.

Chroith Kurt a cheann. "Tá drochscéala agam duit."

"Bhfuil sé marbh?"

"Tá."

"Cad a tharla dó?"

"Bhí sé ar mhisean rúnda don IRA i Lisbóin. Mharaigh Rúnseirbhís* na Breataine ansin é. Thugadar nimh dó."

Chuir Máirín a dhá bois ar a haghaidh. D'éirigh Kurt agus leag sé lámh ar a gualainn. "Tá brón orm..."

Lig sí osna. "Fuair m'fhear céile bás ar son a thíre. Sin í an chríoch a b'fhearr leis."

Chuaigh sí go dtí an fhuinneog. Stán sí amach sa dorchadas. Ansin chas sí timpeall. "Is dócha go

draoibeáilte – *muddy*
Is maith an t-anlann an t-ocras – *hunger is good sauce*
Rúnseirbhís – *secret service*

dteastaíonn uait teachtaireacht a sheoladh chun na Gearmáine."

"Beidh siad ag súil le scéala uaim."

"Tá an tarchuireadóir* i bhfolach anseo." D'oscail sí comhla thógála* san urlár. Thóg sí cás beag amach agus chuir sí ar an mbord é. D'oscail sí an cás. Bhí tarchuireadóir istigh ann. Shuigh Kurt ag an mbord agus thosaigh sé ar an ngléas a oibriú. Nuair a bhí an teachtaireacht seolta aige dhún sé an cás. Chuir sé i bhfolach arís é faoin urlár. Chlúdaigh Máirín an chomhla thógála le ruga. Rinne Kurt méanfach. "Tá tuirse an domhain orm."

"Tig leat dul a chodladh sa seomra leapa," a dúirt Máirín.

"Céard fútsa?"

"Níl tuirse orm. Déanfadsa faire a sheasamh." Thóg Máirín gunnán as a póca. Leag sí ar an mbord é. Chuaigh sí go dtí an fhuinneog agus sheas ann ag stánadh amach. Bhí fonn ar Kurt dul sall chuici agus a lámha a chur timpeall uirthi. In áit sin a dhéanamh chas sé i dtreo an tseomra leapa. "Oíche mhaith," a dúirt sé. Chuaigh sé isteach sa seomra agus luigh sé ina chuid éadaí ar an leaba. Thit a chodladh air gan mhoill.

tarchuireadóir – *radio transmitter*
comhla thógála – *trap-door*

Caibidil a Dó

AR A THEITHEADH

(Tugtar iarracht ar Kurt a ghabháil.
Bíonn air dul ar a theitheadh*)

Dhúisigh Kurt go tobann. Bhí duine éigin ag croitheadh a ghuaillí. Chas sé agus d'fhéach sé suas. Bhí fear óg ag stánadh anuas air. Bhí cóta trínse á chaitheamh aige.

"Cé tusa?" a d'fhiafraigh Kurt.

"Mac Eoin is ainm dom. Is oifigeach faisnéise* mé san IRA. Caithfidh tú imeacht ón áit seo láithreach. Tá na póilíní ar do lorg."

D'éirigh Kurt. Chuir sé a bhróga air go tapaidh. Dheifrigh sé isteach sa seomra eile. Lean Mac Eoin é. Stán Kurt timpeall an tseomra. "Cá bhfuil Máirín?"

"Tá sí imithe. Seo leat. Ná déan moill!"

Lean Kurt é go dtí carr a bhí taobh thiar den teachín. Shuigh Mac Eoin i suíochán an tiománaí. D'oscail sé doras an phaisinéara agus shuigh Kurt ann. Dhúisigh Mac Eoin an t-inneall. Chas an carr isteach ar chaolbhóthar a chuaigh suas cnoc. Stop Mac Eoin an carr ar mhullach an chnoic. "Féach siar," a dúirt sé.

Stán Kurt siar an bóthar. Bhí carr mór dubh stoptha lasmuigh den teachín. Dheifrigh ceathrar fear as. Bhí gunnáin ina lámha acu. "Bleachtairí ón mBrainse Speisialta," a dúirt Mac Eoin. "Tá siad ag iarraidh teacht

ar a theitheadh – *on the run*
oifigeach faisnéise – *intelligence officer*

suas leat."

Chuir sé a chos ar an troitheán luasaire*. D'imigh an carr de ruathar síos an taobh eile den chnoc. "Cá bhfuil ár dtriall?" a d'fhiafraigh Kurt. "Go tearmann* eile. Áit níos shabháilte tá súil agam."

"D'fhágamar an tarchuireadóir inár ndiaidh."

"Níor fhág. Thug Máirín é léi."

Lig Kurt osna. "Is eagal liom go raibh drochscéala agam di aréir."

Chroith Mac Eoin a cheann. "Nach mór an trua é go bhfuil Frainc marbh! Bheadh an eagraíocht níos fearr as dá mba rud é gur fhan sé in Éirinn."

"Cé atá i gceannas anois?"

"Tá Tomás Breatnach ag gníomhú mar Cheannasaí Foirne*."

"Cén sórt duine é?"

Tháinig miongháire ar bhéal Mhic Eoin. "Buailfidh tú leis go luath. Bíodh do thuairim féin agat ansin."

Thíomáin siad isteach sa phríomhchathair. Ba bheag athrú a bhí ar Bhaile Átha Cliath ón uair dheireanach a chonaic Kurt é. Ghluais siad thar Choláiste na Tríonóide.

Chuimhnigh sé ar an gcéad lá a bhuail sé le Máirín ann. Thit sé i ngrá léi láithreach. B'fhéidir go mbeidís pósta anois murach go raibh air filleadh ar an nGearmáin. Damnú ar an gcogadh a scar uaidh í! Bhí sé fíordhíomách nuair a chuala sé gur phós sí Frainc. Stán Kurt ar Cholún Nelson agus iad ag dul thart.

"Feicim go bhfuil an tiarna uasal ar a thaca fós."

[9]

troitheán luasaire – *accelerator pedal*
tearmann – *refuge*
ceannasaí foirne – *chief of staff*

Bhain Mac Eoin searradh* as a ghuaillí." Ní fada eile a fhanfaidh sé ann."

Stop an carr lasmuigh de sheanteach Seoirseach.* "Ceann scríbe*," a dúirt Mac Eoin.

Chuaigh siad suas na céimeanna. Chnag Mac Eoin ar an doras. D'oscail bean mheánaosta é. Tháinig aoibh fháilteach uirthi. Thug an bhean suas staighre iad agus isteach i seomra codlata. "Tá súil agam go mbeidh tú compordach anseo," a dúirt sí le Kurt.

Nuair a bhí sí imithe chas Kurt chuig Mac Eoin. "Bhfuil an bhean sin iontaofa*?"

"Síle? Níl duine níos dílse ná í. Bhí deartháir léi ar dhuine de na ceannairí in Éirí Amach 1916. Chuaigh sise isteach san eagraíocht nuair a cuireadh a deartháir chun báis."

Shiúil Mac Eoin chun na fuinneoige. Stán sé amach. "Is iontach an bhean í. D'éirigh léi cúpla beairic Bhriotanach a phléascadh le linn Chogadh na Saoirse."

Chas sé timpeall. "Gabhadh í agus daoradh chun báis í. D'éalaigh sí agus lean sí ar aghaidh leis an gcoimhlint*. Fiú nuair a d'éirigh a lán eile as."

Chuaigh Mac Eoin go dtí an doras. "Tabharfaidh sí togha na haire duit." D'oscail sé an doras.

"Cá bhfuil tú ag dul?" a d'fhiafraigh Kurt.

"Go dtí ár gceanncheathrú*. Chun tuairisc a thabhairt."

"Ba mhaith liom dul leat."

Chroith Mac Eoin a cheann. "Caithfidh tú fanacht anseo go dtí go bhfaighe mé orduithe."

[10]

searradh – *shrug*
Seoirseach – *Georgian*
ceann scríbe – *destination*

iontaofa – *trustworthy*
coimhlint – *struggle*
ceanncheathrú – *headquarters*

"Tá orduithe faighte agamsa. Sular fhág mé an Ghearmáin dúradh liom dul i dteagmháil gan mhoill le ceannairí an IRA."

Chroith Mac Eoin a cheann arís. "Caithfidh tú fanacht anseo."

D'imigh sé. D'fhéach Kurt timpeall an tseomra. Bhí doiciméad i bhfráma ar crochadh ar an mballa. Chuaigh sé sall agus léigh sé an teideal. "FORÓGA NA POBLACHTA ÉIREANNAÍ 1916."

Ar an mbord in aice leis an leaba bhí leabhar. Thóg sé suas é. "DÍOLAIM* SHAOTHAR PHÁDRAIC MHIC PHIARAIS" a bhí ar an gclúdach.

Bhí sé ar tí an leabhar a léamh nuair a d'osclaíodh an doras. Shiúil Síle isteach. Bhí trádaire á iompar aici. Bhí cupán tae agus pláta ceapairí ar an trádaire. "Béile beag," a dúirt Síle. Chuir sí an trádaire ar an mbord. Thóg sí paidrín as a póca agus thug dó é.

"Ní Caitliceach mé," a dúirt Kurt.

"Is cuma. Coinneoidh sé saor ó chontúirt tú." D'fhág Síle an seomra.

Chuir Kurt an paidrín ina phóca. Shín sé ar an leaba. Thit a chodladh air. Dhúisigh sé go tobann. Bhí fuaim cairr sa tsráid amuigh.

Dheifrigh sé go dtí an fhuinneog agus stán sé amach. Chonaic sé Máirín agus Mac Eoin ag teacht amach as carr. Dheifrigh sé síos an staighre.

"A Mháirín! Conas tá tú?"

Níor fhreagair sí é. Bhí cuma shnoite* ar a haghaidh. Rith sí suas an staighre. Bhí Kurt ar tí í a

díolaim – *collection*
cuma shnoite – *drawn expression*

leanúint ach leag Mac Eoin lámh ar a ghualainn.

"Scaoil chun siúil í," a dúirt sé. "Tá tuirse an domhain uirthi." Rinne sé dradgháire* le Kurt. "Tá scéala agam duit. Teastaíonn ón Bhreatnach bualadh leat."

"Cathain?"

"Amárach." Chuaigh Mac Eoin go bun an staighre. "Táimse ag dul a luí. Mholfainn duit an rud céanna a dhéanamh."

Chuaigh sé suas staighre. Lean Kurt é. Chuaigh sé isteach ina sheomra agus luigh sé ar an leaba. Ach ní raibh fonn codlata air. Bhí sé ar tí an solas a lasadh nuair a chuala sé díoscán* ón doras. Chonaic sé lámh ag teacht timpeall an dorais. Bhí greim ag an lámh ar ghunnán. Shleamhnaigh Kurt as an leaba. Chuala sé urchar. Bhuail an piléar an leaba.

D'fhan sé gan chorraí. Ansin rith sé go dtí an doras. Chuaigh sé amach ar an léibheann*. Bhí Mac Eoin ina sheasamh ag bun an staighre. Bhí gunnán ina láimh. D'ardaigh sé é i dtreo Kurt.

"D'éirigh leis an mbithiúnach éalú," a dúirt sé. "Ach d'fhág sé an gunnán seo ina dhiaidh." Chroith sé a cheann go mall. "Ní thig leat fanacht anseo. Tá sé róchontúirteach. Tógfaidh mé tú go dtí tearmann eile amárach."

Tháinig Máirín agus Síle amach ar an léibheann. "Cad a tharla?" a d'fhiafraigh Máirín.

"Scaoil mé an gunnán seo trí thimpiste," a dúirt Mac Eoin. "Tá brón orm gur dhúisigh mé sibh. Téimis a chodladh arís."

dradgháire – *grin*
díoscán – *creaking*
léibheann – *landing*

D'fhill Kurt ar a sheomra. Ach ní dheachaigh sé a chodladh. Shuigh sé ar an leaba agus rinne sé a mhachnamh ar ar tharla. Cé a bhí ag iarraidh é a mharú? 'Raibh an fhírinne á insint ag Mac Eoin? 'Raibh seisean iontaofa? 'Raibh aon duine iontaofa?

Bhí rud amháin cinnte. Chaithfeadh sé bheith an-aireach as seo amach.

Caibidil a Trí

AN SOCRÚ

(Buaileann Kurt leis an mBreatnach. Ach tá malairt tuairimí acu faoi chéard ba cheart a dhéanamh)

An mhaidin dár gcionn d'fhág Kurt agus Mac Eoin an teach. Shuigh siad sa charr. Thiomáin Mac Eoin ó dheas thar Dhroichead Uí Chonaill. "Cá bhfuil ár dtriall?" a d'fhiafraigh Kurt.

"Oifigí na Croise?"

"Cad é sin?"

"Foilseachán Caitliceach. Tá an Breatnach ina eagarthóir air." Rinne Mac Eoin gearrgháire. "N'fheadar cad déarfadh an tArdeaspag dá mbeadh a fhios aige go bhfuil an Breatnach ina cheannaire ar an IRA!"

Stopadar lasmuigh de fhoirgneamh ard. Bhí comhartha mór "AN CHROIS" os cionn an dorais. Chuadar in ardaitheoir* suas go dtí an tríú hurlár. Chnag Mac Eoin ar dhoras.

"Tar isteach" a scairt fear laistigh.

Chuadar isteach i seomra. Bhí sé cosúil le cillín. Bhí dath bán ar na ballaí. Cláir nochta a bhí ar an urlár. I lár an tseomra bhí deasc agus cúpla cathaoir. Ar an mballa taobh thiar bhí crois mhór ar crochadh. D'éirigh fear ramhar ón gcathaoir laistiar den deasc. Chuir Mac Eoin Kurt in aithne do Bhreatnach. Chroith

ardaitheoir – *elevator*

an fear ramhar lámh leis.

"Tá fáilte romhat, Herr Kruger. Suígí."

Shuíodar. Shocraigh an Breatnach é féin go compordach ina chathaoir. Stán Kurt go grinn air. Dá mbeadh an fear ramhar seo in éide Ghearmánach, mhachnaigh sé, thabharfá an leabhar gur Hermann Goering a bhí ann.

"Tá áthas orm go bhfuil rialtas na Gearmáine sásta comhoibriú linn," a dúirt an Breatnach.

"Tá súil agam go bhfuil an IRA sásta comhoibriú linne."

Stán an Breatnach go grinn ar Kurt. Ansin scairt sé amach ag gáire. "Tuigimid a chéile, Herr Kruger... bí cinnte go dteastaíonn uainne gníomhú in éineacht libh. Ach tá airm de dhíth orainn."

Chlaon Kurt a cheann. "Táimid sásta airm a sholáthar daoibh... ar choinníoll áirithe."

"Cad é sin?"

"Go mbainfidh sibh úsáid astu in aghaidh na mBriotanach sa Tuaisceart. Agus é sin amháin. Ní theastaíonn uainn dul i dtreis* leis an Rialtas anseo... go fóill ar aon nós."

"Is iadsan ár naimhde chomh maith! "a dúirt an Breatnach go teasaí.

"Ní féidir linn airm a sholáthar daoibh mura nglacann sibh leis an gcoinníoll a luaigh mé." D'éirigh Kurt agus chuaigh i dtreo an dorais.

"Fan ort go fóill!" a scairt an Breatnach. "Tabhair na hairm dúinn agus úsáidfear iad sa Tuaisceart."

i dtreis – *in conflict*

"Agus ansin amháin?"

"Ansin amháin."

"Tá go maith," a dúirt Kurt. "Déanfaidh mé rudaí a shocrú gan mhoill". D'fhéach sé ar Mhac Eoin. "Bhfuil tú ag teacht?"

D'éirigh Mac Eoin agus chuaigh i dtreo an dorais. "Bhfuil tearmann nua faighte agat do Herr Kruger?" a d'fhiafraigh an Breatnach.

"Tá an Seanadóir de Paor sásta é a choimeád ina theach."

D'fhág Kurt an seomra. Bhí Mac Eoin ar tí é a leanúint nuair a scairt an Breatnach ina dhiaidh: "Abair le Máirín go bhfuilim ag súil len í a fheiceáil anocht."

Chuaigh Kurt agus Mac Eoin síos san ardaitheoir. D'fhág siad an oifig agus shuigh siad sa charr.

"Tá áthas orm go bhfuair tú an gheallúint sin ón mBreatnach." a dúirt Mac Eoin. "Tá gníomhú sa Tuaisceart á lorg agam le fada. Ach ní aontódh an Breatnach."

"Cén fáth?"

"N'fheadar. Is aisteach* an duine é."

Dhúisigh Mac Eoin an t-inneal. Thiomáin siad ar aghaidh gan focal a rá. Ansin d'fhiafraigh Kurt: "Cén bhaint atá ag Máirín leis an mBreatnach?"

Rinne Mac Eoin gearrgháire. "Cad é do mheas?"

"Bhfuil siad...?" D'fhág Kurt an abairt gan chríochnú.

"Tharla sé nuair a d'imigh Frainc go dtí an

aisteach – *strange*

Phortaingéil." Thug Mac Eoin sracfhéachaint ar Kurt. "Cén fáth a bhfuil tú fiosrach fúthu?"

"Is maith liom eolas a bheith agam ar gach rud atá ar siúl san eagraíocht."

"Bhuel, tá a fhios agat anois faoi Mháirín agus an Breatnach."

"Tá," a dúirt Kurt. "Tá a fhios agam anois."

Caibidil a Ceathair

AN SEANADÓIR DE PAOR

(Buaileann Kurt leis an Seanadóir.
Cuirtear cor eile sa scéal)

Fear ard meánaosta ba ea an Seanadóir de Paor. Bhí dath liathbhuí ar a aghaidh. Bhí súile beaga lonracha* aige ar nós súile éin. Phreab siad i dtreo Kurt a bhí ina shuí os a chomhair.

"Todóg?" Shín sé bosca trasna an bhoird.

"Ní chaithim," a dúirt Kurt.

Las an Seanadóir todóg*. "Tá an-áthas orm bualadh leat," a dúirt sé. "Is cosúil go mbeidh an bua ag do thaobhsa sa chogadh seo. Cuirfidh sin tús le ré nua i stair an domhain."

Shéid sé deatach as a bhéal. "Bunófar rialtas anseo a thaobhóidh leis na Gearmánaigh. Beidh gá agaibh le polaiteoirí Éireannacha a bheidh iontaofa. Daoine ar nós mise..."

Osclaíodh an doras. D'fhéach iníon an tSeanadóra isteach. Stán sí ar Kurt agus ansin ar a hathair. "Beidh mé déanach ag teacht abhaile anocht," a dúirt sí.

"Ná bí ródhéanach, a Dheirdre."

"Déanfaidh mé pé rud is maith liom!" Plabadh* an doras ina diaidh.

Lig an Seanadóir osna. "Níl a fhios agam céard atá tagtha ar an gcailín sin. Tá mám airgid caillte agam léi.

lonracha – *bright*
todóg – *cigar*
plabadh – *slammed*

Thugas síor-aire di ó fuair a máthair bás. Na scoileanna is fearr. Na héadaí is fearr. A carr féin. Gach rud atá uaithi faigheann sí é. Ach ní ghabhann sí buíochas ar bith liom."

D'éirigh sé ón mbord. "Tar isteach sa leabharlann*. Ba mhaith liom tairiscint* a dhéanamh."

Lean Kurt é isteach sa leabharlann. "Suigh síos," a dúirt an Seanadóir. "Ólaimis deoch." Líon sé dhá ghloine le coinneac.Thug sé ceann do Kurt. D'ardaigh sé a ghloine. "Sláinte Herr Hitler!"

D'óladar. Phreab súile an tSeanadóra ar aghaidh Kurt. "Bhíos á rá go mbeidh gá ag an nGearmáin le rialtas iontaofa anseo i ndiaidh an chogaidh. Is féidir liomsa na daoine cearta a sholáthar." Bhain sé súimín* as a ghloine. "Tá ábhar rialtais ullamh agam cheana féin."

"Cé hiad?"

"Polaiteoirí, fir gnó, ard-oifigigh airm...iad uilig taobhach leis an nGearmáin. Bheadh mise i gceannas ar an rialtas seo, ar ndóigh."

Rinne Kurt miongháire. "Ar ndóigh..."

"Bhuel? Cad é do mheas ar mo thairiscint?"

"Cuirfidh mé é faoi bhráid mo cheannairí. Ach inis dom. Cén fáth a bhfuil tú toilteanach mórchúram mar sin a ghlacadh? Is duine saibhir tú. D'fhéadfá bheith ag baint aoibhnis as an saol."

Rinne an Seanadóir a mhachnamh ar feadh tamaillín. "Ní leor saibhreas. Tá cumhacht ag teastáil uaim. An dtuigeann tú?"

[19]

leabharlann – *library*
tairiscint – *proposition*
súimín – *sip*

"Tuigim." D'éirigh Kurt agus rinne sé méanfach*. "Tá tuirse orm. Rachaidh mé a luí."

"Is tusa m'aoi*," a dúirt an Seanadóir. "Tig leat fanacht anseo chomh fada agus is mian leat."

Ghabh Kurt a bhuíochas leis. Ansin chuaigh sé suas staighre. Luigh sé ar a leaba ar feadh tamaill. Níor éirigh leis dul a chodladh. Chuaigh sé síos go dtí an leabharlann chun ábhar léitheoireachta a fháil. Thóg sé leabhar anuas agus chuaigh sé go dtí an doras.

"Cá bhfuil do dheifir?"

Stán Kurt timpeall. Bhí Deirdre ina suí i gcathaoir uilleach i gcúinne. Bhí gloine ina láimh.

"Cheapas gur imigh tú amach" a dúirt Kurt.

"Tháinig malairt intinne orm." Shín sí an gloine chuige. "Ba mhaith liom tuilleadh coinneac."

Thóg Kurt an gloine agus leathlíon sé é. Thug sé an gloine di. Ansin chas sé i dtreo an dorais.

"Suigh síos," a dúirt Deirdre.

Shuigh Kurt. "Is scafaire* breá slachtmhar tú," a dúirt Deirdre. "D'fhéadfadh cailín titim i ngrá leat. Bhfuil tú pósta?"

"Níl mé. Gabh agam. Teastaíonn uaim dul a luí."

Bhí Kurt ar tí éirí ach dheifrigh Deirdre sall chuige agus bhrúigh sí siar é. Chrom sí os a chionn. Bhí boladh cognac agus cumhrachta* uirthi. Theagmhaigh a folt lena leiceann. Phóg sí é go díocasach*. Sheas Kurt agus chuir sé ar ais ina cathaoir í.

"Oíche mhaith," a dúirt sé.

"Fan liom."

méanfach – *yawn*
aoi – *guest*
scafaire – *strapping fellow*

boladh cumhrachta – *smell of perfume*
go díocasach – *passionately*

Chuaigh Kurt go dtí an doras. Sula ndeachaigh sé amach chuala sé scairt ó Dheirdre.

"Damnú ort, a spiaire shuaraigh!"

Caibidil a Cúig

BAINTEAR STAD AS KURT

(Cuireann dream eile a ladar* isteach sa scéal)

Shiúil Kurt trí ghairdín fairsing an tSeanadóra. Bhí beocht an earraigh i ngach áit. Ar a bhealach ar ais chun an tí bhuail sé le Deirdre. Rinne sí gáire beag searbh.

"Bhíos óltach aréir. Is eagal liom go rabhas grusach* leat."

"Ná bíodh aon imní ort," a dúirt Kurt. "Bhíos féin beagáinín óltach freisin. Níl m'intinn róshoiléir fós."

"Aer úr na sléibhte atá uait." Fuair Deirdre greim láimhe air. Threoraigh sí é go dtí a carr spórtaíochta. Shuigh siad ann. Dhúisigh Deirdre an t-inneal. Sciurd an carr amach an geata. Thiomáin siad ó dheas go dtí go raibh siad i ngar do shléibhte Chill Mhantáin. Chuaigh siad ar chaolbhóthar isteach i lár na sléibhte. Stop Deirdre an carr ag bun cnoic.

"Tá radharc breá ón mullach," a dúirt sí. Léim sí amach as an gcarr. Rith sí suas an cnoc. Bhí saothar anála ar Kurt nuair a tháinig sé suas léi.

"Tá rosc catha* againn sa Ghearmáin," a dúirt sé. "Fulgen Der Fuhrer...lean an ceannaire." Rinne sé gearrgháire. "Is tusa an Fuhrer anois. Ní mór domsa tú a leanúint."

Chas Deirdre chun teacht anuas. Shleamhnaigh a

[22]

ladar – *intervene*
grusach – *gruff*
rosc catha – *war cry*

cos. Rug Kurt greim uirthi. Chuir sí a lámha timpeall a mhuiníl. "Tá tú an-láidir."

"Tá sé in am dúinn filleadh ar an teach."

Thiomáin siad ar ais i dtreo na cathrach. Bhí siad ar imeall na cathrach nuair a tharla sé. Thiomáin carr eile tharstu ar róluas*. Stop sé go tobann. Bhuail Deirdre a cos ar an gcoscán*.

Léim oifigeach airm amach as an gcarr eile. Dheifrigh sé chucu. D'oscail sé an doras ar thaobh Kruger. "Tar liom le do thoil," a dúirt sé.

D'fhág Kruger an carr. Shíl sé go raibh sé gafa. Threoraigh an t-oifigeach é go dtí an carr eile. Bhí fear in éide coirnéil ina shuí laistiar. D'oscail sé an doras. "Suigh isteach, Herr Kruger," a dúirt sé.

Shuigh Kruger sa charr. Dhún an coirnéal an doras. "Ná bíodh imní ort. Nílimid chun tú a ghabháil." Tháinig meangadh gáire air. "Tá bá ag a lán againn san arm le cúis na Gearmáine. Ba mhaith liom tairiscint a dhéanamh." Stán sé ar Kurt.

"Sea?"

"Feictear dúinne go dtugann an cogadh seo deis dár n-arm na Sé Chontae a fháil ar ais. Ar ndóigh beidh cabhair ó arm na Gearmáine ag teastáil uainn. Ba mhaith linn go gcuirfeá ár dtairiscint faoi bhráid d'údarás."

"Bheadh níos mó eolais ag teastáil uathu."

"Tabharfar plean cuimsitheach* duit. Ach faigh amach ar dtús an mbeadh spéis acu ann."

Chlaon Kurt a cheann. "Tá go maith. Ach ní mór

ar róluas – *at speed*
coscán – *brake*
cuimsitheach – *comprehensive*

dom bheith macánta. Tá teagmháil déanta agam cheana le heagraíocht eile. An mbeadh sibhse sásta comhoibriú leo?"

Chroith an coirnéal a cheann. "Is é arm na hÉireann an t-aon fórsa míleata dleathach sa tír seo. Ní bheidh aon bhaint againn leis an IRA!"

Thóg sé leabhar nótaí as a phóca. Scríobh sé ar leathanach. Srac sé amach an leathanach agus thug sé do Kurt é. "Tig leat dul i dteagmháil liom faoin gcódainm* TRISTAN ag an uimhir seo nuair a bheidh freagra agat dúinn."

D'oscail sé an doras. "Imigh anois." D'fhág Kurt an carr. Shuigh an t-oifigeach eile sa suíochán tiomána. Lasc an carr leis síos an tsráid. Chuaigh Kurt ar ais go dtí carr Dheirdre. Shuigh sé in aice léi. Dhúisigh sí an t-inneal.

"Cad a bhí ar siúl agaibh?"

" Tá brón orm. Ní féidir liom aon eolas a thabhairt duit."

"Bhuel, níor ghabh siad tú ar aon nós. "Thiomáin sí an carr ar ais i dtreo an tí. Thug Kurt sracfhéachaint uirthi.

"Ná habair aon rud faoi seo le d'athair, le do thoil."

"Tá go maith," a dúirt Deirdre.

Bhí an Seanadóir de Paor ag feitheamh leo ag an doras. "Cá ndeachaigh sibh? Bhí an-imní orm. Cheapas gur tharla timpiste daoibh."

"Thugamar geábh* amach faoin tír," a dúirt Deirdre. "Bhí trioblóid agam leis an inneal. Chuir sin

códainm – *code name*
geábh – *trip*

moill orainn." Chuaigh sí i dtreo na leabharlainne. "Tá deoch uaim."

Stán an Seanadóir ina diaidh. Chas sé chuig Kurt. "Is anabaí* an duine í Deirdre," a dúirt sé. "Níor mhaith liom go dtitfeadh sí i ngrá go díchéillí* le fear éigin nach mbeadh oiriúnach di. An dtuigeann tú mé?"

"Tuigim go maith, a Sheanadóir. Ní gá imní a bheith ort. Tá rudaí eile ar m'intinn."

"An-mhaith!" Chuir an Seanadóir lámh ar ghualainn Kurt. "Ólaimis deoch roimh lón..."

anabaí – *immature*
go díchéillí – *foolishly*

Caibidil a Sé

AIRM ÓN nGEARMÁIN

(Tagann na hairm. Cuireann an
Breatnach dallach dubh* ar Kurt)

Bhí Kurt ina aonar sa leabharlann. Tháinig Mac
Eoin isteach. Bhí dreach míshásta air. "Tá scéal faighte
agam fút. Scéal nach dtaitníonn liom."

"Cén scéal?"

"Deirtear go raibh tú i dteagmháil le hard-oifigeach
airm. Bhfuil sé fíor?"

"Bhí seisean i dteagmháil liomsa."

Stán Mac Eoin go feargach ar Kurt. "Bhfuil tú ag
tabhairt an dá bhealach leat?"

Chroith Kurt a cheann. "Ní dhearna mé aon cheangal
leo. Cuireadh de chúram orm oibriú libhse amháin."

"Is beag obair atá déanta agat dúinn!"

"Foighne," a dúirt Kurt. "Tá socruithe déanta agam
cheana féin le mo cheannairí sa Ghearmáin. Scaoilfear
coinsíneacht* airm anuas ó eitleán oíche amárach."

Thug sé píosa páipéir do Mhac Eoin. "Tá na sonraí
go léir ansin. Cuir de ghlanmheabhair iad. Ansin
dóigh an páipéar."

Léigh Mac Eoin an páipear. Ansin léigh arís agus arís
eile é. Chaith sé an páipéar isteach sa tine.

"Beidh tuilleadh ar fáil. Má dhéanann sibh beart sa
Tuaisceart."

dallach dubh – *hoodwink*
coinsíneacht – *consignment*

"Déanfaimid. Níl aon leithscéal ag an mBreatnach anois."

"Tá súil agam-". Stop Kurt go tobann nuair a chonaic sé Mac Eoin ag cur méire ar a bhéal. Shiúil Mac Eoin go ciúin go dtí an doras. D'oscail sé go tobann é. Bhí an Seanadóir de Paor cromtha síos lasmuigh.

"Baineadh tuisle* asam," a dúirt sé. Bhí sé dearg-ghnúiseach. Rinne Mac Eoin é a bhrú i leataobh agus d'imigh i dtreo an halla. Thug an Seanadóir féachaint mhillte* ina dhiaidh. "Amhas!*" a scairt sé.

"Ní maith leis cúléisteoirí," a dúirt Kurt leis. D'éirigh sé agus tháinig sé go dtí an doras. "Ní maith liomsa iad ach oiread."

Chuaigh sé i dtreo an staighre. "Oíche mhaith, a Sheanadóir!"

* * *

Chuaigh an t-eitleán go híseal os cionn an ghleanna. Scaoileadh boscaí amach as a bholg. D'oscail muisiriúin shíodúla* agus tháinig na boscaí anuas go mall. D'imigh an t-eitleán.

Rinne an Breatnach na boscaí a chomhaireamh. "Cúig cinn," a dúirt sé. "Bhíos ag súil le níos mó ná sin."

"Tiocfaidh tuilleadh," a dúirt Kurt.

"Cathain?"

"Nuair a bheidh an t-am oiriúnach."

Bhain an Breatnach searradh as a ghuaillí. "Is fearr leath ná meath*." Chas sé chuig na fir eile. "Cuirigí na

[27]

---

tuisle – *trip* muisiriúin shíodúla – *silken mushrooms*
féachaint mhillte – *glare* is fearr leath ná meath – *half a loaf is better than none*
amhas – *boor*

boscaí sa veain."

Cuireadh na hairm isteach i veain ar a raibh "AN CHROIS" scríofa. Clúdaíodh iad le beartanna den nuachtán. Rinne an Breatnach gearrgháire. "Tá príomhalt agam ann ar shíocháineachas* an tseachtain seo."

Shuigh Mac Eoin sa suíochán tiomána. Shuigh Kurt agus an Breatnach i suíocháin in aice leis. Chuaigh na fir eile isteach ar gcúl. D'imigh an veain faoi lánluas. Shroich siad an chathair. Tiomáineadh an veain isteach i ngaráiste an nuachtáin. Tógadh na boscaí amach as an veain. D'oscail an Breatnach iad. Bhí meaisínghunnaí agus armlón i mbosca amháin. Bhí raidhfilí agus armlón sna boscaí eile.

Chuimil an Breatnach a lámha le chéile. "Tóg isteach iad."

"Cá háit a choimeádfaidh tú iad? "a d'fhiafraigh Kurt. "Faoin urlár sa seomra comhdhála." Rinne an Breatnach gáire. "Is féidir liom ár gcathaoirleach, an Monsignor Ó Réagáin, a shamhlú lena spadchosa* sínte amach os a gcionn!"

D'fhill Kurt agus Mac Eoin ar theach an tSeanadóra. Ag an dinnéar an tráthnóna sin thug an Seanadóir an-urraim do Kurt. Bhí tuilleadh buanna san Afraic agus sa Rúis fógraithe ag forsaí na Gearmáine. Bhí áthas ar Kurt nuair a bhí an béile thart. Ghabh sé a leithscéal agus thug sé aghaidh ar an leabharlann. Ar an mbealach bhuail sé le Deirdre. Bhí éadach tráthnóna á chaitheamh aici.

[28]

síochánachas – *pacifism*
spadchosa – *flat feet*

"Sieg heil!" Rinne sí cúirtéis* lena láimh. "Tá coinne agam le mac aire rialtais anocht. Tá sé gránna agus goiríneach*. Ba mhaith le m'athair go bpósfainn é. Ach níl rún dá laghad agam é sin a dhéanamh." D'fhág sí an teach.

Chuaigh Kurt isteach sa leabharlann. Thóg sé suas an nuachtán tráthnóna a bhí ar an mbord. Bhí sé ar tí é a léamh nuair a bhuail an teileafón. Máirín a bhí ann. Bhí imní ina glór.

"Ar léigh tú an nuachtán tráthnóna?" a d'fhiafraigh sí. "Níor léigh fós."

"Féach ar an gcéad leathanach."

Léigh Kurt na ceannlínte. "RUAIG CHREICHE* AR BHANC AG AN IRA. CLÉIREACH MARBH." D'ardaigh sé an teileafón. "Na hamadáin! Tá an Breatnach tar éis dallach dubh a chur orm."

"Bí cúramach," a dúirt Máirín. "Bí an-chúramach."

Bhí cniog* ar an líne. Chuir Kurt an teileafón ar ais. Dheifrigh sé as an leabharlann. Bhí an nuachtán ina láimh aige. Bhuail sé le Mac Eoin san halla. Thaispeáin sé an nuachtán dó.

"Bhfuil aon eolas agat faoi seo?" a d'fhiafraigh sé go feargach.

"Níl." Bhí fearg ar Mhac Eoin freisin. "Is é an Breatnach an t-aon duine a d'fhéadfadh rud mar seo a údarú*."

"Caithfidh mé é a fheiceáil gan mhoill. Cá bhfuil sé?"

"B'fhéidir go bhfuil sé in Óstán na Deilfe*. Is gnách

cúirtéis – *salute*
goiríneach – *pimply*
ruaig chreiche – *raid*

cniog – *tap*
údarú – *authorise*

leis dul ag ól ansin san oíche."

"An dtógfaidh tú ann mé anois?"

"Tógfaidh. Ach bí cúramach."

Chuir Kurt a lámh isteach ina sheaicéad*. Bhí a ghunnán sa phóca. Dheifrigh sé i dtreo an dorais. "Seo linn!"

Óstán na Deilfe – *Dolphin Hotel*
seaicéad – *jacket*

Caibidil a Seacht

AN SPIAIRE BRIOTANACH

(Cuireann spiaire eile a ladar isteach sa scéal)

Bhí Wystan Peregrine Somerset an-rím;éadach* as féin. Thaitin a chuid oibre leis mar ghníomaire MI5 i mBaile Átha Cliath. Go hoifigiúil bhí sé ag obair mar oifigeach preasa* in Ambasáid na Breataine. Sular ceapadh é sa phost sin bhí cáil air mar fhile. Chabhraigh an cháil sin go mór leis sa phost nua. D'éirigh sé cairdiúil len a lán scríbhneoirí agus iriseoirí in Éirinn. Cara mór leis ba ea an file Patrick Kavanagh. B'achrannach an boc é Kavanagh. D'éiríodh sé conspóideach nuair a bhíodh sé óltach. Ach bhí aithne ag Kavanagh ar a lán daoine. Ba é a chuir an Breatnach, eagarthóir "AN CHROIS", in aithne dó. Anois bhí sé féin agus an Breatnach an-mhór le chéile. Ba chostasach an cairdeas é. Ach bhí sé á chur chun sochair ag Somerset anois. D'fhéach sé arís ar cheannlínte an nuachtáin. Bheadh áthas ar a cheannairí i Londain faoin scéal seo. Chuirfeadh sé an scéal in iúl dóibh gan mhoill. Chuaigh sé isteach sa "stáisiún", seomra beag speisialta a bhí aige san ambasáid. Bhí "stáisiún" ag MI5 i ngach ambasáid Briotanach. Bhí córas speisialta cumarsáide* le Londain san "stáisiún". Chuir Somerset an doras faoi ghlas.

[31]

an-rím();éadach – *well-pleased*
oifigeach preasa – *press officer*
córas cumarsáide – *communications system*

Thosaigh sé ar theachtaireacht a sheoladh go Londain...

* * *

Shiúil Kurt agus Mac Eoin isteach sa deochlann* in Óstán na Deilfe. Bhí sé lán go doras. Stánadar timpeall.

"Ní fheicimse an Breatnach," a dúirt Kurt.

"Ní fheicimse é ach oiread. B'fhéidir go bhfuil sé fós ina oifig."

"Bainimis triail as."

D'fhill siad ar an gcarr agus thiomáineadar go dtí oifig an nuachtáin. Chuadar suas san ardaitheoir go dtí seomra an Bhreatnaigh. Dheifrigh siad isteach gan cnagadh ar an doras. Bhí an Breatnach ag caint ar an teileafón. Bhuail sé an gléas síos go tapaidh. Chas sé timpeall go feargach. Mhúch sé an fhearg nuair a chonaic sé Kurt. "Fáilte romhat, Herr Kruger!" a dúirt sé go séimh. Chaith Kurt an nuachtán síos ar an deasc. Leag sé méar ar na ceannlínte. "Cad é do mhíniú air seo?"

"An eachtra sin sa bhanc? Mór an trua gur maraíodh an cléireach sin."

"Mór an trua go bhfuair mé na hairm sin daoibh!" Bhuail Kurt a dhorn anuas ar an deasc. "Níor thugamar gunnaí daoibh le haghaidh amadaíochta mar seo."

Chroith an Breatnach a cheann. "Taispeánfaidh an eachtra seo go bhfuil ár n-eagraíocht gníomhach*."

"Trí dhaoine neamhchiontacha* a mharú? Ba chóir

deochlann – *lounge bar*
gníomhach – *active*
neamhchiontacha – *innocent*

daoibh bheith ag troid in aghaidh fórsaí na mBriotanach sa Tuaisceart. Sin é an fáth gur thugamar airm daoibh."

Bhuail Kurt a dhorn anuas ar an deasc arís. "Níl de rogha agam anois ach a mholadh dom cheannairí sa Ghearmáin gan a thuilleadh cabhrach a thabhairt daoibh."

Tháinig gáire searbh ar bhéal an Bhreatnaigh. "Ná déan breith gan machnamh*," a dúirt sé. "Táimid ag brath ar a chéile. Tá bhur gcabhair ag teastáil uainn. Ach tá ár gcabhair ag teastáil uaitse. Is spiaire tú. Tá an Brainse Speisialta ar do thóir. Bheifeá gafa cheana féin murach an chabhair a thugamar duit."

D'oscail an Breatnach tarraiceán sa deasc. Thóg sé gunnán amach. Chuir Kurt lámh ina sheaicéad agus tharraing sé a ghunnán amach. Stán an Breatnach air go mífhoighneach.

"Cuir do ghunnán ar ais!" a dúirt an Breatnach. "Níl uaim ach rudaí a phlé leat."

Thóg sé léarscail amach as an tarraiceán. Leath sé é ar a dheasc. "Seo léarscáil den Tuaisceart. Inis dom cad é an plean atá agat."

D'fhéach Kurt ar an léarscáil. Chuir sé a mhéar ar an gcuid a léirigh Loch Feabhail. "Cróite na bhfomhuireán* Briotanach."

Rinne an Breatnach bogfheadaíl. "Iad a scriosadh?"

Chlaon Kurt a cheann. "Is féidir é a dhéanamh. Ach beidh fir mhaithe ag teastáil."

"Cuirfear iad ar fáil duit," a dúirt an Breatnach. "Tá

[33]

breith gan machnamh – *hasty judgement*
cróite na bhfomhuireán – *submarine pens*

faire maith ar an teorainn. Conas a thrasnóidh sibh é?"

"Rachaimid isteach i gContae Fhear Manach istoíche. Uaidh sin go Doire."

"Róbhaolach." Stán an Breatnach ar an léarscáil. "Tá feirm bheag ag duine dár gcomrádaithe díreach ar an teorainn i dTír Chonaill. Tá sé i ngar do Loch Feabhail. D'fhéadfaí é a úsáid mar bhunáit*."

"An é an Suibhneach atá i gceist agat?" a d'fhiafraigh Mac Eoin. "Nach bhfuil sé beagáinín róshean d'eachtra mar seo?"

"Níl. Tá an-eolas aige ar an gceantar," a dúirt an Breatnach. Stán sé ar Kurt. "Cathain a dhéanfar an ionsaí*?"

"Ar an Satharn seo chugainn."

Rinne an Breatnach gáire." Ní chuireann Gearmánach a chuid ama amú! Tá go maith. Déanfaidh mé na socruithe duit."

"Nach mbeidh tú féin ag teacht linn?"

Chroith an Breatnach a cheann. "Ba bhreá liom bheith in éineacht libh. Ach caithfidh mé súil a choinneáil ar chúrsaí anseo. Tusa an duine is fearr le bheith i gceannas ar an eachtra seo."

Shín sé a lámh amach." Go raibh an t-ádh leat!"

bunáit – *base*
ionsaí – *attack*

Caibidil a hOcht

BAOL AG BAGAIRT

(Méadaítear an imeacht sa tóir ar Kurt)

D'oscail an Príomh-Cheannfort Seán Ó Briain an comhad*. Bhí an t-ainm "Kurt Kruger" scríofa air. Lig sé osna. Bhí sé deacair go leor don mBrainse Speisialta súil a choinneáil ar an IRA. Ach bhí an tasc níos casta anois ó tháinig an spiaire Gearmánach seo isteach sa tír. Bhí a lán brú á chur air é a ghabháil. Bhí an Coimisinéir ag cur brú air. Bhí an Taoiseach féin, Éamon de Valera, ag cur brú air. Bhí imní ar an Taoiseach maidir le neodracht* na tíre. Beagnach gach seachtain anois bhí sé ag fáil gearáin ó na Sasanaigh. Níor theastaigh ón Taoiseach deis a thabhairt do Churchill a chuid fórsaí a sheoladh thar an teorainn. Sin é an fáth gur theastaigh uaidh Kruger a ghabháil gan mhoill. Léigh an Príomh-Cheannfort an comhad arís. Chaithfeadh sé an spiaire a ghabháil ar ais nó ar éigean*. Ach conas? Bheadh air cabhair faisnéisneora* a lorg. Duine éigin a bheadh géilliúil* do bhrú. Duine ar nós an Seanadóir de Paor...

* * *

Shlog Wystan Peregrine Somerset an deoch siar. D'fhéach sé timpeall. Bhí an deochlann leath-lán. Chuaigh sé isteach sa leithreas*. Bhí sé folamh.

---

comhad – *file*
neodracht – *neutrality*
ar ais nó ar éigean – *at all costs*

faisnéiseoir – *informer*
géilliúil – *submissive*
leithreas – *toilet*

Chuaigh sé isteach i gclóiséad*. Chuir sé an doras faoi ghlas. Sheas sé ar an mbabhla*. Chuardaigh sé barr an tsistéil*. Bhí clúdach litreach ann. Thóg sé an clúdach agus chuir sé ina phóca é. Sheas sé ar an urlár arís. Dheifrigh sé as an leithreas agus d'fhág sé an deochlann.

Shuigh sé isteach sa charr. Thiomáin sé go dtí Ambasáid na Breataine. Chuaigh sé isteach sa "stáisiún" san ambasáid. D'oscail sé an clúdach litreach. Thóg sé leathanach bán amach as. Spréigh* sé púdar buí ar an leathanach. Tháinig scríbhinn amach ar an bpáipéar. Léigh sé é. Tháinig aoibh air. Bheadh an-lúchair ar a cheannairí faoin scéal seo. Thosaigh sé ar theachtaireacht a sheoladh go Londain.

* * *

Chuaigh Kurt agus Máirín isteach sa leabharlann. Shuigh siad ag an mbord. D'ullmhaigh Kurt deochanna don bheirt acu. D'ardaigh sé a ghloine. "Sláinte na mban!"

"Is go maire na fir go deo," a dúirt sí. D'óladar.

"Tá áthas orm tú a fheiceáil arís," a dúirt Kurt. "Chuala mé go mbeidh tú ag imeacht ar eachtra baolach. Sin é an fáth ar tháinig mé anseo."

Leag Máirín a lámh ar láimh Kurt. "Bí cúramach."

Stán Kurt ar a gnúis álainn. "Cuireann an ócáid seo na laethanta roimh an gcogadh i gcuimhne dom.

"Trua go raibh ort filleadh ar an nGearmáin," a

clóiséad – *closet*   sistéal – *cistern*
babhla – *bowl*   spréigh – *spread*

dúirt sí. "An cogadh... murach sin is dóigh go mbeinn pósta leat anois."

D'ardaigh Kurt a ghloine arís. "Tuige ar phós tú Frainc?"

D'fhan Máirín ina tost ar feadh tamaillín. Ansin d'fhreagair sí a cheist. "Bhí tusa in arm na Gearmáine. Mheas mé nach bhfeicfimis a chéile arís. Ansin bhuaileas le Frainc agus ..."

"Agus thit tú i ngrá leis?"

"Ar bhealach. Ní rabhas i ngrá leis faoi mar a bhíos i ngrá leatsa."

Bhain Kurt súimín as a dheoch. "Agus bhfuil tú i ngrá leis an mBreatnach anois?"

Chroith sí a ceann. "Níl."

"Cén fáth bhfuil tú chomh cairdiúil leis más ea?"

Chuir sí roic* ina héadan. "Scéal casta* is ea é. Míneoidh mé duit é am éigin eile." D'fhéach sí ar a huaireadóir. "Tá sé ag éirí déanach. Ní mór dom bheith ag imeacht."

Lean Kurt í go dtí an doras. Chas sí chuige agus phóg sí é. Ansin dheifrigh sí as an teach.

roic – *wrinkles*
casta – *complicated*

Caibidil a Naoi

AN IONSAÍ

(Déanann Kurt agus a chomrádaithe ionsaí
ar chróite na bhfomhuireán)

Tiomáineadh an carr suas lána. Stop sé ag teach
feirme. Thosaigh madra ag tafann sa dorchadas.
Tháinig seanfhear amach as an teach. Labhair sé leis an
madra. D'imigh an t-ainmhí ina thost.

"Sin é an Suibhneach," a dúirt Mac Eoin.

"Tagaigí isteach," a dúirt an Suibhneach.

Chuaigh Kurt, Mac Eoin, Ó Conluain agus Mac
Diarmada isteach sa teach. Bhíodar in éadaí dubha
agus bhí gunnaí á n-iompar acu. Bhí pléascáin* i mála
ag Mac Eoin. Chuir Mac Eoin Kurt in aithne don
Suibhneach. Bhí aithne ag an seanfhear cheana ar an
triúr eile. Thug sé tae agus ceapairí dóibh.

Ansin d'fhéach Kurt ar a uaireadóir. "Meán oíche.
Tá sé in am dúinn dul i mbun oibre." Leath sé léarscáil
amach ar an mbord. Chruinnigh an chuid eile timpeall
air. "Tá claí ard sreinge timpeall ar na cróite. Tá cúpla
túr faire ann freisin." Dhírigh Kurt a mhéar ar an loch.
"Rachaimid de chois chomh fada leis an bpointe seo.
Ansin bainfimid úsáid as bád." Chas sé chuig an
Suibhneach. "Bhfuil an bád in ionad?"

"Tá."

"Ar aghaidh linn mar sin."

pléascáin – *explosives*

D'fhágadar an teach. Chuaigh an Suibhneach ar tosach. Lean siad é i dtreo an locha. Bhí an ghealach clúdaithe ag scamaill. Stop siad ag góilín*. Bhí bád ar an mbruach. Chuir siad an bád ar snámh agus shuigh siad ann. Thosaigh siad ag iomramh* síos an loch. Tháinig siad i ngar do túr faire. Thug Kurt comhartha dóibh. D'éirigh siad as an iomramh. Chrom siad síos sa bhád. Sheol an sruth iad thar an túr. Tháinig siad go béal an locha. Bhí góilín eile le feiceáil.

"Isteach ansin," a d'ordaigh Kurt. Stiúraigh an Suibhneach an bád isteach. D'fhan siad socair agus d'éist siad. Bhí an áit ciúin. Chuir Kurt agus Mac Eoin na pléascáin ar an mbruach. Ar chomhartha ó Kurt rith an triúr eile i dtreo cúpla seanbhothán timpeall céad slat uathu.

Lasadh tóirsholas* go tobann. Tosaíodh ar mheaisín-ghunnaí a scaoileadh leo. Bhuail cith* urchar an triúr a bhí ag rith. Thit siad ar an talamh. Níor chorraigh siad arís. Scaoil Kurt agus Mac Eoin a ngunnaí i dtreo na mbothán. Scaoileadh rois* urchar ó na meaisín-ghunnaí arís. Thit Mac Eoin isteach sa bhád. Rith sruth fola as a mhuinéal. Léim Kurt isteach sa bhád. Rinne sé é a shá amach le maide rámha. Luigh sé síos. Chuaigh cioth piléar thar a cheann.

D'imigh an bád amach ar an loch. Tharraing an sruth é i dtreo na farraige móire lasmuigh den loch. Stán Kurt timpeall an bháid. Bhí na maidí ramha imithe. Bhí an bád beag á tholgadh* le tonnta. Chuala sé inneall díosal. Chonaic sé trálaer ag treabhadh i

góilín – *small inlet*   cith – *shower*
iomramh – *rowing*   rois – *volley*
tóirsholas – *searchlight*   á tholgadh – *buffeted*

dtreo an bháid. Bhuail an trálaer an bád. Caitheadh Kurt agus Mac Eoin isteach sa bhfarraige. Fuair Kurt buille ar a cheann. Chaill sé gach aithne agus é ag imeacht faoin uisce.

* * *

Tháinig Kurt chuige féin arís. Bhí sé ina luí i mbunc. Bhí Mac Eoin ina luí i mbunc in aice leis. Bhí a shúile dúnta. D'éirigh Kurt aniar sa bhunc. Tháinig fear meánaosta isteach sa chábán. Bhí dath na haimsire ar a aghaidh. Chuaigh sé sall chuig Kurt. "Caidé mar atá tú?"

"Ceart go leor," a dúirt Kurt. D'fhéach sé ar Mhac Eoin. "Bhfuil seisean...?"

"Beidh sé alright," a dúirt an fear eile. "Goin feola atá aige." Shín sé a lámh amach. "Cathal Ó Dochartaigh is ainm domsa. Is mise captaen an trálaeir seo."

Rinne sé dradgháire. "Is dócha gur sibhse ba chúis leis an racán* sin a tógadh aréir?"

D'fhan Kurt ina thost. Rinne an Dochartach dradgháire eile. "Is cuma. Is é do ghnósa féin é." Thóg sé píopa as a phóca agus chuir sé tobac ann. "Is é iascaireacht mara mo ghnósa. Níl aon spéis agam i gcúrsaí polaitíochta."

Las sé an píopa. "Beimid ag dul i gcuan ag na Dúnaibh anocht."

"Na Dúnaibh? Nach bhfuil sin i dTír Chonaill?"

Chlaon an Dochartach a cheann. "An taobh ceart

racán – *racket*

den Teorainn duitse." Chuaigh sé go dtí an doras. "Ná corraigh* as an gcábán seo fós." D'imigh sé amach. D'oscail Mac Eoin a shúile agus stán sé timpeall. "Bhfuilimid gafa?"

"Níl. Táimid ar thrálaer Éireannach. Beimid ag dul i dtír sna Dúnaibh."

"Agus an triúr eile?"

Bhain Kurt searradh as a ghuaillí. "Marbh is dóigh..."

D'éirigh Mac Eoin aniar sa bhunc. "Bhí na Briotanaigh ag feitheamh linn. Rinneadh scéala orainn* leo."

Chlaon Kurt a cheann. "Is cosúil go bhfuil tréatúir inár measc."

Bhuail Mac Eoin a dhorn go feargach ar an mballa. "Ní thiocfaidh sos ná cónaí orm go dtí go bhfaighidh mé amach cé hé féin." Bhuail sé a dhorn ar an mballa arís. "Ansin íocfaidh sé go daor as!"

ná corraigh – *don't move*
rinneadh scéala orainn – *we were betrayed*

Caibidil a Deich

AN SEANADÓIR ARÍS

(Tá Kurt agus Mac Eoin amhrasach faoin
Seanadóir de Paor)

Bhí an Seanadóir de Paor an-sásta leis an saol. Bhí a chuid cúrsaí gnó ar fheabhas. Thug an cogadh seo a lán deiseanna dó airgead a dhéanamh go dleathach is go mídhleathach.* Agus bhí Deirdre ag éirí níos réasúnta anois. Bhí sí ag socrú síos faoi dheireadh agus ag luí isteach ar a cuid staidéir.

Bhí áthas ar an Seanadóir go raibh an Gearmánach glanta as a theach. Níor thaitin an cairdeas idir é agus Deirdre leis. Bhí aiféala air gur thug sé fothain ar bith dó. Ar aon nós ní raibh ag éirí go maith le harm na Gearmáine le tamall anuas. Bhí fórsaí na Rúise ag fáil an lámh uachtair orthu.

Bualadh cloigín an dorais. Bheadh air féin é a fhreagairt. Bhí an cailín aimsire imithe. Bhí sí thall i mBirmingham anois ag obair ar dhea-phá i monarcha muinisin.

Chuaigh sé isteach sa halla agus d'oscail sé an doras. Máirín a bhí ann. Bhí dreach buartha uirthi. "Ba mhaith liom labhairt leat," a dúirt sí.

"Tar isteach." Threoraigh sé í isteach sa leabharlann.

Níor iarr sé uirthi bheith ina suí. Theastaigh uaidh

go dleathach is go mídhleathach – *legally and illegally*

an bhean seo a chur dá chois gan mhoill. D'fhéadfadh sí aird na n-údarás a tharraingt air féin. Níor mhian leis go ndéanfadh an Príomh-Cheannfort Ó Briain é a chrá le ceistiú arís.

"Ar chuala tú aon scéala faoi Kurt?" a d'fhiafraigh Máirín.

"Níor chuala. Agus ní theastaíonn uaim aon rud a chloisteáil faoi. Bheinn buíoch dá n-imeofá as an teach seo anois agus dá bhfanfá amach uaidh feasta."

Stán Máirín le drochmheas air. "Bhí a fhios agam gur Tadhg an dá thaobh tú!" Bhí sí ar tí imeachta nuair a cnagadh go hard ar fhuinneog an tseomra.

Dheifrigh an Seanadóir sall go dtí an fhuinneog. Tharraing sé na cuirtíní siar. "Tá duine éigin amuigh ansin sa dorchadas."

Rith Máirín chun na fuinneoige. Stán sí amach. "Kurt atá ann!" D'oscail sí an fhuinneog. Dhreap Kurt agus Mac Eoin isteach sa seomra. Bhí a n-éadaí clúdaithe le láib*. Bhí tuirse le brath ar an-aghaidh. Bhí bindealán* salach ar chloigeann Mhic Eoin.

Tháinig leathadh súl ar an Seanadóir. Dhún sé an fhuinneog go tapaidh agus tharraing sé na cuirtíní trasna air.

"In ainm Dé, cad a tharla daoibh?" a d'fhiafraigh Máirín.

Thit Kurt isteach i gcathaoir. "Is casta an scéal é," a dúirt sé i leath-chogar.

"Is é an gnáthscéal é i stair na tíre seo," a dúirt Mac Eoin go searbh. "Rinneadh feall orainn. Maraíodh ár

[43]

láib – *mud*
bindealán – *bandage*

gcomrádaithe go léir."

Stán an Seanadóir go himníoch orthu. "A 'bhfaca éinne sibh ag teacht anseo?"

Chroith Kurt a cheann. "Ná bí buartha, a Sheanadóir. Níl sé ar intinn againn fanacht i do theachsa."

Chuaigh an Seanadóir go dtí an doras. Dhírigh Mac Eoin gunna air. "Cá bhfuil do thriall?"

"Cuir uait an gunna sin," a dúirt an Seanadóir. "Tig leat muinín a bheith agat asamsa."

"Níl muinín agam as éinne anois! "a scairt Mac Eoin. Dheifrigh sé isteach sa halla. Chuala siad é ag sracadh sreangacha an teileafóin as a soicéad. D'fhill sé ar an seomra agus dhírigh sé an gunna ar an Seanadóir arís.

"Ceist agam ort," a dúirt sé. "An tusa an té a sceith orainn?"

"Ní brathadóir mise!" Bhí creathán i nglóir an tSeanadóra.

"Ní chreidim tú." Chuir Mac Eoin an gunna in aice le héadan an tSeanadóra. "Inis an fhírinne!"

"Stop!" Bhí Deirdre ina seasamh ag an doras. "Nach dtuigeann tú go bhfuil m'athair ró-mheata* le sceitheadh ar éinne?"

Thug sí féachaint mhillte ar Mhac Eoin. "Má dhéanann tú dochar ar bith dó íocfaidh tú go daor as." Shín sí méar i dtreo an dorais. "Fágaigí an teach seo láithreach."

"Táimid ag imeacht." D'éirigh Kurt. "Ach a' ndéanfá gar* dom, a Sheanadóir? Tabhair eochracha do

[44]

ró-mheata – *too cowardly*
gar – *favour*

chairr dom."

Thug an Seanadóir na heochracha dó. D'fhág sé féin, Máirín agus Mac Eoin an teach.

Chaith Kurt na heochracha i dtom. Shuigh siad isteach i gcarr Mháirín. "Cá bhfuil ár dtriall anois?" a d'fhiafraigh sí.

"Do theachín i gCill Mhantáin."

"An stuama* an beart é sin? Tá na Gardaí tar éis ionsaí a dhéanamh air cheana féin."

"Táim ag súil go gceapann siad nach mbainimid úsáid as a thuilleadh. Ar aon nós ní mór dúinn dul san fhiontar.* Bhfuil an raidió sa charr agat?"

"Tá."

"Seolfaidh mé teachtaireacht chuig mo cheannairí nuair a shroisfimid an teachín."

Thiomáin siad as an gcathair i dtreo na gcnoc ó dheas. Nuair a shroiseadar an teachín rinne Máirín an carr a pháirceáil laistiar.

Thógadar an raidió as an gcarr agus d'iompair siad é isteach sa teachín. Le linn do Kurt a bheith ag seoladh teachtaireacht chun na Gearmáine d'ullmhaigh Máirín béile don triúr acu.

Bhíodar ina dtost agus an béile á ithe acu. Ansin d'éirigh Kurt agus rinne sé é féin a shearradh.* "Tá sé in am soip,*" a dúirt sé. "Beimid gnóthach amárach."

"Beidh," a dúirt Mac Eoin go dúrúnta.* "Caithfimid dul chun cainte leis an mBreatnach."

stuama – *wise*
dul san fhiontar – *take a chance*
a shearradh – *stretch*

am soip – *time for bed*
go dúrunta – *grim*

Caibidil a hAon Déag

AN PRÍOSÚNACH

(Tá ceisteanna le freagairt ag an mBreatnach)

Dhúisigh Kurt a luaithe a chuala sé inneal an chairr lasmuigh. Rith sé go dtí an fhuinneog. Bhí carr Mháirín ag imeacht síos an bóthar. D'fhéach sé ar an taobh eile den seomra. Ní raibh Mac Eoin ann.

Dheifrigh Máirín isteach ón seomra eile. "Bhfuil Mac Eoin imithe im' charr ?"

"Tá. Níor dhúirt sé dada liomsa faoi …"

"Is teasaí an duine é. Tá súil agam nach dtarraingeoidh sé aird na nGardaí orainn ?"

"Ní dhéanfadh sé rud amaideach mar sin," a dúirt Kurt. Dhearg sé an tine. "Bíodh bricfeasta againn."

"Níl blúire bia sa teach."

"Bhuel, bíodh cupán tae againn."

"Níl aon tae againn ach oiread."

"Bhfuil siopa sa chomharsanacht?"

"Tá ceann ag an gcrosaire timpeall míle slí siar ón áit seo."

"Rachaidh mé ann agus ceannóidh mé a bhfuil uainn." D'fhág Kurt an teach agus shiúil sé i dtreo an chrosaire. Tháinig sé chomh fada le crosaire. Bhí Garda ina sheasamh ag uchtbhaile* an droichid is é ag stánadh isteach san abhainn. Chas sé timpeall nuair a chuala sé coiscéimeanna Kurt. Bheannaíodar dá chéile.

uchtbhaile – *parapet*

Lean Kurt ar aghaidh go dtí gur shrois sé siopa beag.
Chuaigh sé isteach. Bhí fear ard caol ina sheasamh
laistiar den chuntar. Stán sé go fiosrach ar Kurt.
"Tá tae, im, arán, bainne agus leathdhosaen
uibheacha ag teastáil uaim," a dúirt Kurt.
Fuair an siopadóir na hearraí agus chuir sé isteach i
mála iad. "Ní fhaca mé tú timpeall na háite seo
cheana," a dúirt sé. "Bhfuil tú ar saoire?"
"Táim."
"Cá bhfuil tú ag fanacht?" "I bpuball* timpeall
ceithre mhíle siar ón gcrosaire."
"Ní fheicimid mórán cuairteoirí sa cheantar seo
anois. An cogadh is cúis leis sin. Tá an saol suaite ó
thosaigh sé." Dhírigh sé a mhéar ar nuachtán a bhí ina
luí ar an gcuntar. D'oscail sé an nuachtán agus
theaspeáin sé an leathanach tosaigh do Kurt. "Féach air
sin. Tá na húdaráis ag tairiscint dhá mhíle punt ar eolas
faoi bheirt bhall den IRA."
Stán Kurt ar an nuachtán. Bhí pictiúr de féin agus de
Mhac Eoin ag gabháil leis an bhfógra. Ní raibh na
pictiúir an-soiléir. Ba chosúil nár aithin an siopadóir é.
Chuir sé airgead ar an gcuntar. "Tógfaidh mé nuachtán
freisin."
"Seo é an cóip deireanach atá agam," a dúirt an
siopadóir agus é ag síneadh an nuachtáin thar an
gcuntar.
Rinne sé snagaíl.* "Bhíos á choinneáil don sáirsint i
stáisiún na nGardaí. Ach bíonn seisean mall ag íoc as a
chuid billí. Tóg an nuachtán. Is fearr breac sa láimh ná

_____

i bpuball – *in a tent*
snagaíl – *sniffle*

bradán sa linn*."

Ghabh Kurt a bhuíochas leis agus d'fhág sé an siopa.
Bhí an Garda imithe ón droichead. Nuair a shrois Kurt
an teachín bhí an carr lasmuigh de. Chuaigh sé isteach.
Bhí Mac Eoin ag comhrá le Máirín.

"Fáilte romhat ar ais," a dúirt Kurt. "Tá scéala agam
duit." Thaispeáin sé an nuachtán do Mhac Eoin. Rinne
seisean gáire go tarcaisneach* "Is cuma faoi sin. Tá
scéala agam duitse. D'admhaigh an Breatnach gurb
eisean an té a sceith orainn."

"Cá bhfuil sé anois?"

"Sa seomra eile."

"Tóg isteach anseo é. Teastaíonn uaim labhairt leis."

"Níl sé ábalta mórán cainte a dhéanamh. Bhí orm
úsáid a bhaint as beagáinín den lámh láidir."

"Bhfuil sé gortaithe go dona ?" a d'fhiafraigh Kurt.
Chroith Mac Eoin a cheann. "Níl...fós."

Chuir Kurt an mála ar an mbord. Stán sé ar
Mháirín. "Cad é do thuairim faoin ngnó seo?"

"Bhí Frainc i gcónaí in amhras faoin mBreatnach.
Sin é an fáth gur iarr sé orm bheith cairdiúil leis agus
súil a choinneáil air." Chas sí chuig Mac Eoin. "Cad a
dhéanfaidh tú leis anois?"

"Tionólfar cúirt airm*. Má thugtar ciontach é
daorfar chun báis é."

"Ní dóigh liom go bhfuil sé riachtanach do Mháirín
a bheith sáite sa ghnó seo a thuilleadh," a dúirt Kurt le
Mac Eoin. "An féidir leat í a thabhairt go háit sabháilte?"

"Is féidir liom. Ach beidh orm filleadh anseo chun

Is fearr breac sa lámh ná bradán sa linn – *a bird in the hand is worth two in the bush*
tarcaisneach – *contemptuously*
cúirt airm – *court martial*

aire a thabhairt don Bhreatnach. Cad mar gheall ort féin?"

"Fanfaidh mé anseo go ceann tamaill eile. Teastaíonn uaim cúpla ceist a chur ar an mBreatnach." Chas Kurt chuig Máirín. "Imigh anois, a thaisce. Chífidh mé tú amach anseo."

D'imigh Mac Eoin agus Máirín amach go dtí an carr. Stán Kurt ina ndiaidh agus iad ag imeacht. Ansin chuaigh sé isteach sa seomra ina raibh an Breatnach.

Bhí seisean ceangailte i gcathaoir. Bhí fuil ar a éadan. Bhog Kurt an gobán* a bhí ina bhéal. D'fhéach sé go géar air. "Tusa an fealltóir, is cosúil."

Stán an Breatnach air go himpíoch. "Tig liom gach aon rud a mhíniú. Ach bain na glais* seo díom i dtosach. Táid am' chéasadh."

"Tá sin tuillte agat, a shuaracháin!"

Thosaigh braonacha allais ag sileadh anuas aghaidh an Bhreatnaigh. "Éist liom. Is duine tuisceanach tusa. Cuireadh an-bhrú orm comhoibriú leo. Ní raibh sé ar intinn agam éinne sa ghluaiseacht a ghortú. Beart gnó a bhí ann ó thús go deireadh. Sin a raibh ..."

Chrom Kurt síos agus bhuail sé an Breatnach san aghaidh le cúl a dhoirn. "Sceitheann tú ar do chomrádaithe agus tugann tú beart gnó air!"

"Ní raibh aon dóchas ann go mbuafadh an eagraíocht seo riamh," a dúirt an Breatnach. "Ba léir dom sin fadó ó shin."

"Ní fáth maith é sin le feall a dhéanamh ar do chomrádaithe!" Thug Kurt buille eile san aghaidh dó.

[49]

gobán – *gag*
glais – *bonds*

"Is gráiniúil* an duine tú. Tá an bás tuillte agat."

"Ná lig dóibh mé a mharú. Is oifigeach Gearmánach tusa. Éisteoidh siad leatsa."

Chas Kurt a dhroim leis go drochmheasúil. Chuaigh sé go dtí an doras.

"Fan ort !" a scairt an Breatnach. "Tig liom pardún a fháil duit ó na húdaráis. Tig liom saibhreas a fháil duit. Tig liom pas coimirce ar ais chun na Gearmáine a shocrú duit."

"Dún do bhéal!"

"Scaoil saor mé. Ná bac leis an scata amadán seo a thugann an IRA orthu féin. Scaoil saor mé anois…"

Chas Kurt ar ais agus stán sé anuas air. Ansin rop a dhorn amach agus bhuail sé an Breatnach go trom ar an smig. Thit an chathaoir agus an Breatnach siar ar an urlár. Níor chorraigh sé.

* * *

Nuair a tháinig Mac Eoin ar ais bhí Kurt ina chodladh os comhair na tine. Bhí doras an tseomra eile ar oscailt. Rith Mac Eoin isteach ann. Lig sé osna nuair a chonaic sé an Breatnach ina luí ar an urlár. Chuir sé an doras faoi ghlas agus d'fhill sé ar an seomra eile. Rinne sé gualainn Kurt a chroitheadh.

D'oscail Kurt a shúile. "D'fhág tú an doras sin ar oscailt," a dúirt Mac Eoin. "Bhí an t-ádh linn nár éalaigh an bithiúnach úd." Chuaigh sé go dtí an fhuinneog. "Ní mór dúinn a bheith aireach. Tá na

gráiniúil – *despicable*

Gardaí ag tóraíocht* an Bhreatnaigh."

D'fhill sé ar an tine. "Caithfimid glanadh as an áit seo gan iomarca moille. Ach tá gnó le críochnú agam roimhe sin. Níl am agam cúirt airm a bhunú. Beidh orm féin triail a chur air."

"Tá a fhios agam gur déistineach an duine é an Breatnach," a dúirt Kurt. "Ach b'fhearr liom dá bhféadfaí triail cheart a chur air."

"Is ceist don eagraíocht é seo. Agus is mise an t-aon oifigeach atá i riocht* plé leis." Thóg Mac Eoin a ghunnán amach. Dheifrigh sé isteach sa seomra eile.

Lean Kurt é. Chuireadar Breatnach agus an chathaoir ina seasamh arís. Bhí mothú san mBreatnach. Chuimil sé a liopaí agus d'iarr sé deoch uisce. Fuair Kurt é agus thug dó é. Scaoil Mac Eoin na glais ar an mBreatnach. "Seas suas," a d'ordaigh sé.

D'éirigh an Breatnach. Stán Mac Eoin air. "In ainm Airm Phoblacht na hÉireann cuirim i do leith go bhfuil tú ciontach as feall a dhéanamh ar an eagraíocht agus ar do chomrádaithe. Bhfuil aon rud le rá agat?"

Chroith an Breatnach a cheann.

"D'admhaigh tú cheana féin go bhfuil tú ciontach," a dúirt Mac Eoin. Is é breith na cúirte seo mar sin gur chóir tú a dhaoradh chun báis." D'ardaigh Mac Eoin a ghunnán. Tharraing sé an greamán sábhála* siar.

"Tá sagart ag teastáil uaim," a dúirt an Breatnach.

"Diúltaím dod' iarratas." Dhírigh Mac Eoin an gunnán ar éadan an Bhreatnaigh.

"Nóiméad amháin," a dúirt Kurt. "Is réasúnta an

[51]

ag tóraíocht – *looking for*
i riocht – *in a position*
greamán sábhála – *safety catch*

t-iarratas é." Sheas sé idir Mac Eoin agus Breatnach.

"Seas i leataobh!" a d'ordaigh Mac Eoin.

Díreach ag an nóiméad sin bhuail Breatnach Kurt sa droim. Thit Kurt in aghaidh Mhic Eoin. Shleamhnaigh siad beirt anuas ar an urlár. Chuala siad an doras á phlabadh agus an eochair á chasadh sa ghlas. "Tá sé ag éalú!" a scairt Mac Eoin. D'éirigh sé agus rinne sé iarracht ar an doras a bhrú ar oscailt. Theip air. D'ardaigh sé an chathaoir agus bhris sé an fhuinneog. Léim sé amach an fhuinneog. Lean Kurt é.

"Ní thig leis dul ró-fhada de chois," a dúirt Mac Eoin. "Tiocfaimid suas leis sa charr."

Rith sé timpeall go cúl an tí agus dhúisigh sé inneal an chairr. Shuigh Kurt in aice leis. Thiomáin siad ar luas síos an bóthar. Thosaigh sé ag éirí dorcha. Las Mac Eoin soilse an chairr. Ghluais siad timpeall coirnéil sa bhóthar faoi lánluas. Ba bheag nár bhuail siad in aghaidh carr mór dubh a bhí ag dul sa treo eile. "Stopaigí !" a scairt guth ón gcarr. Thainig piléar tríd an ngaothscáth* agus scinn sé thar chluas Mhic Eoin. "Bleachtairí !" Rinne Mac Eoin eascaine. Chas sé an roth tiomána agus sciorradar timpeall an chairr eile.

Stán Kurt siar. "Tógfaidh sé tamall uathu casadh ar an mbóthar seo."

"Nílimid slán fós," a dúirt Mac Eoin. "Beidh na príomhbhóithre go léir isteach sa chathair druidte acu. Beidh orainn triail a bhaint as na taobhbhóithre."

"Ormsa atá an locht gur éalaigh an Breatnach, "a dúirt Kurt.

gaothscáth – *windscreen*

Chroith Mac Eoin a cheann. "Is é an rud is tábhachtaí anois ná éalú ó na Gardaí. Ansin tig linn feall an Bhreatnaigh a phoibliú." Mhúch sé soilse an chairr. Thiomáineadar sa dorchadas thar bhóithre lán de phoill. Tháinig siad isteach sa phríomhchathair agus thrasnaigh siad an Life. Chonaic siad carr mór stopaithe i lár an bhealaigh. Mhúch Mac Eoin inneal an chairr. "Ní mór dúinn dul i muinín reatha," a scairt sé. Léimeadar as an gcarr agus ritheadar isteach i bpasáiste dorcha. Stop siad ag balla ard.

"Táimid i mbealach caoch,*" a dúirt Kurt. "An treo seo !"

Lean Kurt a chompánach isteach i dtionóntán. Chuadar suas staighre guagach*. Stop siad ar léibheann chun a n-análacha a tharraingt. Trí dhoras oscailte chonaic siad seomra plódaithe le daoine ar a nglúine.

"Isteach linn" a dúirt Mac Eoin.

Chuadar isteach sa seomra. Bhí cónra ar chróchar sa lár. Thit Mac Eoin agus Kurt ar a nglúine laistiar den chónra sa chaoi nach bhféadfaí iad a fheiceáil ón doras. Bhí fear mór téagartha ag treorú an Choróin Mhuire. Chuir Kurt a lámh ina phóca agus thóg sé amach an paidrín a fuair sé ó Shíle. Bhí cliotaráil cosa ar an léibheann. Tháinig beirt bhleachtaire go dtí doras an tseomra. Bhí gunnaí ina lámha acu. Stán siad timpeall. Ansin ghabh siad leithscéal agus d'imigh siad síos an staighre. Nuair a bhí na paidreacha críochnaithe d'éirigh gach éinne ina seasamh. Thosaigh an fear téagartha ar ghloiní a líonadh le beoir. Tháinig

---

i mbealach caoch – *in a cul-de-sac*
guagach – *rickety*

seanbhean anall chuig Kurt agus chuir sí gloine lán ina láimh.

"Ól siar a mhic!"

D'fhéach Kurt ar Mhac Eoin. Rinne seisean comhartha i dtreo an dorais. Thosaigh an bheirt acu ag bogadh sa treo sin. Tháinig an fear téagartha anall chucu.

"Bhfuil sibh ag imeacht?" a d'fhiafraigh sé go garg.

"Tá deifir orainn," a dúirt Mac Eoin. "Thángamar isteach chun paidir a rá ar son anam an fhir mhairbh."

"Fear? Sin í mo bhean bhocht atá ina luí sa chónra sin." Chas an fear timpeall. "Éistígí. Tá beirt sheansálaí anseo" a d'fhógair sé don seomra. "Tá siad tar éis masla a thabhairt dom' bhean. Cad a dhéanfaimid leo?"

"Glanaimis as an áit seo laithreach." Tharraing Mac Eoin a chompánach amach an doras.

"Stopaigí!" a scairt an fear téagartha is é ag bagairt a dhoirn ina ndiaidh.

Theich an bheirt acu síos an staighre agus amach sa tsráid. Bhí na bleachtairí imithe. Dheifrigh siad ar ais i dtreo na habhann. Bhí gaoth fhuar ag séideadh isteach ón bhfarraige.

"Ní mór dúinn fothain a fháil don oíche," a dúirt Mac Eoin. "Tá seanchara liom, an tAthair Séarlaí, ina chónaí sa chomharsanacht seo. Tugaimis cuairt air."

"Sagart an ea?"

"Iarshagart. Cuireadh ó chóta é* de bharr a chuid ólacháin."

D'imigh carr mór dubh thar bráid. Níor stop sé. Lig

cuireadh ó chóta é – *he was defrocked*

Mac Eoin osna. "Déanaimis deifir," a dúirt sé. Lean Kurt é síos an cé.

Caibidil a Dó Dhéag

An tATHAIR SÉARLAÍ

(Ceapann Kurt agus Mac Eoin go bhfuil áit shábháilte faighte acu. Ach an bhfuil?)

Bhí cónaí ar an Athair Séarlaí i seanteach i gcearnóg a bhí faiseanta lá dá raibh. Chuaigh Mac Eoin go dtí an doras. Bhí solas ar lasadh i bhfuinneog ar an dara hurlár. "Is cosúil go bhfuil Séarlaí ina dhúiseacht, "a dúirt Mac Eoin." Sáite i leabhar éigin is dóigh."

D'ardaigh sé an baschrann* trom agus chnag sé ar an doras. Rinne an fhuaim macalla ard. Stán siad timpeall go himníoch. Bhí an chearnóg tréigthe. Chuala siad coiscéimeanna ag teacht go mall anuas an staighre. Stop siad ag an doras laistigh.

"Cé atá ann?" a d'fhiafraigh glór go creathach.

"Mise, a Shéarlaí...Mac Eoin."

Osclaíodh an doras. "Tar isteach," a dúirt an glór. Chuadar isteach. Fear meánaosta le folt liath ba ea Séarlaí. Bhí spéaclaí ar bharr a shróine aige. Ar a lámha bhí mitíní* dubha. Chuir Mac Eoin Kurt in aithne dó. "Táimid i dtrioblóid. Táimid ar ár dteicheadh."

Rinne Séarlaí miongháire. "Bhí tú i dtrioblóid ón gcéad lá a chuireas aithne ort." Chroith sé lámh le Mac Eoin. "Tá fáilte is fiche romhat."

Threoraigh sé iad suas an staighre. Chuaigh siad isteach i seomra mór ard-shíleálach*. Bhí solas gan

[56]

baschrann – *door knocker*
mitíní – *mittens*
ard-shíleálach – *high-ceilinged*

scáthlán* ar crochadh den tsíleáil. I lár an tseomra bhí
bord faoi ualach leabhar. Ar sheastán i gcúinne bhí
sean-ghramafón agus carn ceirníní. Dhún Séarlaí an
doras go ciúin. "Is éadrom-chodlatach an duine í
Sorcha mo dheirfiúr."

"Cheap mé go raibh tú id' chónaí id' aonar," a dúirt
Mac Eoin.

"Tháinig sí anseo chun aire a thabhairt dom nuair a
theip ar mo shláinte cúpla bliain ó shin." Thóg Séarlaí
buidéal fuisce amach as cófra. "An ólfaidh sibh?"

Chroith Kurt agus Mac Eoin a gcinn. Líon Séarlaí
gloine agus d'ól sé. "Tógaim an stuif seo mar chógas
leighis*. Chuir sé an buidéal in aice an ghramafóin.

"A' bhféadfaimis fanacht anseo go maidin?" a
d'fhiafraigh Mac Eoin.

"Tig libh fanacht tamall ar bith is mian libh."
Chuaigh Séarlaí go dtí an cófra agus thóg sé blaincéid
amach. "Beidh oraibh luí ar an urlár is eagal liom."

"Táimid sásta luí ar charraigeacha," a dúirt Mac
Eoin.

Chuaigh Kurt trasna go dtí an seastán. Thosaigh sé
ag féachaint ar na ceirníní. "Is cosúil go bhfuil tú an-
cheanúil ar Wagner," a dúirt sé. "Is breá liom a chuid
ceoil."

Dheifrigh Séarlaí anonn go dtí an gramafón. "Ar
mhaith leat sliocht as Tannhauser a chloisteáil?" Chuir
sé ceirnín ag casadh. Thosaigh ceol ag búireadh amach.

"Dúiseoidh tú an chomharsanacht!" a scairt Mac
Eoin.

[57]

gan scáthlán – *unshaded*
cógas leighis – *medicine*

Bhí Séarlaí ar tí an gramafón a mhúchadh nuair osclaíodh an doras de phlimp*. Dheifrigh bean chaol mheánaosta isteach sa seomra. Thug sí féachaint mhillte ar Shéarlaí. "Stop an racán sin!" a d'ordaigh sí. Múchadh an ceol. Stán an bhean ar Mhac Eoin agus ar Kurt. "Cé sibhse?" a d'fhiafraigh sí.

"Cairde liom is ea iad, a Shorcha" a dúirt Séarlaí. "Beidh siad ag fanacht anseo go ceann tamaillín."

Shleamhnaigh an buidéal óna ghreim. Thit sé anuas ar an urlár agus bhris sé ina smidiríní. "Tá tú ag ól arís!" a dúirt Sorcha. "Bhris tú do ghealltanas dom." Shiúil sí go dtí an áit ina raibh an buidéal briste ina luí. "Féach ar an gciseach seo!" Chrom sí síos chun píosaí a phiocadh suas. Chrom Mac Eoin síos chun cabhrú léi. Thit a ghunnán amach as a sheaicéad. Stán Sorcha le huafás ar an ngunna. Chas sí chuig Mac Eoin. "Tá mo dheartháir an-tinn. Ná tarraing trioblóid anuas orainn. Imígí as an teach seo."

"Is liomsa an teach seo, a Shorcha!!" Bhí misneach á ghlacadh ag Séarlaí. "Thugas cuireadh dóibh fanacht anseo. Má imíonn siad imeoidh mise leo."

Sciurd sí léi amach as an seomra gan focal a rá. Phioc Mac Eoin suas a ghunna agus chuir sé ar ais ina sheaicéad é. D'fhéach Séarlaí go brónach ar an mbuidéal briste. Chuir sé a lámh isteach in adharc* an ghramafóin agus tharraing sé leathbhuidéal amach as. "Ar mhaith libh deoch beag don oíche?" a d'fhiafraigh sé.

"Rachaidh mise a luí," a dúirt Kurt.

"Mise freisin, "a dúirt Mac Eoin. Chuireadar

[58]

de phlimp – *suddenly*
adharc – *horn*

blaincéid síos ar an urlár agus chuaigh siad ina luí. Shuigh Séarlaí ag an mbord agus dhoirt sé fuisce isteach i ngloine. Stán sé ar an deoch amhail is dá mbeadh sé faoi dhraíocht. Ansin chaith sé siar é d'aon slogóg amháin*.

d'aon slogóg amháin – *in one gulp*

Caibidil a Trí Déag

AR TEICHEADH ARÍS

(Bíonn ar an mbeirt na cosa a thabhairt leo arís)

Bhí Sorcha an-lách leo an mhaidin dár gcionn. Thug sí bricfeasta breá dóibh agus bhí sí ina dá chuid déag timpeall orthu*. Stán Séarlaí go haoibhiúil orthu trasna an bhoird.

"Is iontach an cócaire í Sorcha," a dúirt sé. "Ní dóigh liom go bhfuil a sárú le fáil in Éirinn."

D'aontaigh Mac Eoin agus Kurt leis go fonnmhar. Ní raibh béile chomh breá leis ite acu le tamall anuas. Chaoch Séarlaí a shúil leo. "Dhéanfadh sí bean tí fónta d'fhear ámharach éigin."

Las Sorcha go bun na gcluas. Ghabh Mac Eoin a bhuíochas léi agus d'éirigh sé ón mbord. D'éirigh Kurt chomh maith. Chuimil sé lámh leis an mbruth féasóige* a bhí ag fás ar a ghiall. "Ba mhaith liom mé féin a bhearradh. A' bhféadfá iasacht rásúir a thabhairt dom?"

"Cinnte," a dúirt Séarlaí. "Tagaigí liom go dtí an seomra folctha*."

"Má fhágann sibh bhur seaicéid anseo tabharfaidh mé preasáil dóibh," a dúirt Sorcha. Bhain Kurt agus Mac Eoin a seaicéid díobh. Ansin lean siad Séarlaí as an seomra. Rinne an bheirt acu iad féin a bhearradh is a ní. Nuair a d'fhilleadar ar an seomra thug Sorcha a seaicéid ar ais dóibh.

bhí sí ina dá chuid déag timpeall orthu – *she danced attendance on them*
bruth féasóige – *beard stubble*
seomra folctha – *bathroom*

"Anois," a dúirt sí, "tá siad preasáilte go maith agam." Ghabhadar buíochas léi. Stán sí ar a huaireadóir. "Ní mór dom deifir a dhéanamh. Ní theastaíonn uaim a bheith déanach don Aifreann." D'imigh sí síos an staighre. Chuala siad doras na sráide ag plabadh* ina diaidh.

"Ní mór dom féin imeacht amach," a dúirt Séarlaí. "Tá mo stór beag leighis ídithe. Caithfidh mé tuilleadh a fháil."

Thug Kurt airgead dó. "Bíonn na hearraí sin costasach na laethanta seo," a dúirt sé le miongháire. "Dankeshon."

Chuir Séarlaí an t-airgead ina phóca agus d'imigh sé amach. Chuaigh Mac Eoin go dtí an fhuinneog. Stán sé anuas ar an tsráid. Chonaic sé Séarlaí ag dul isteach i dteach tábhairne. "Ní bheidh Sorcha róshásta má fhaigheann sí amach gur thug tú airgead ólacháin dá deartháir," a dúirt sé thar a ghualainn.

Bhain Kurt searradh as a ghuaillí. "Tugann an t-ól faoiseamh* éigin don seanfhear bocht." Thóg sé mapa as a phóca. "Is fearr dúinn bogadh ar aghaidh ón áit seo. Ba mhaith liom an chathair seo a fhágáil agus triall ó dheas."

Bhí an bheirt acu ag féachaint ar an mapa nuair a tháinig Séarlaí ar ais. Bhí sé ag feadaíl go meidhreach. Chuir sé buidéal ar an mbord. "Bíodh deoch beag againn." Líon sé trí ghloine. Thug sé ceann do Kurt agus ceann eile do Mhac Eoin. D'ardaigh sé a ghloine féin. "Sláinte na nGearmánach is go maire na

ag plabadh – *banging*
faoiseamh – *relief*

hÉireannaigh go deo." D'óladar.

Chuaigh Séarlaí anonn go dtí an gramafón agus chuir sé ceirnín ar siúl. "Taitneoidh seo libh. Amhrán máirseála de chuid na Gearmáine... Erica."

Thosaigh ceol agus guthanna ag búireadh amach. Stán Mac Eoin go himníoch ar an doras. "B'fhéidir go mbeidh do dheirfiúr ag filleadh go gairid..." Osclaíodh an doras go tobann. Dheifrigh Sorcha isteach. Mhúch Séarlaí an gramafón.

"Cén fáth a ndearna tú sin?" a d'fhiafraigh Sorcha. "Taitníonn an ceol sin liom." Stán sí ar na gloiní. "Tá áthas orm go bhfuil tú ag caitheamh go maith le do chairde." Líon sí dhá ghloine arís agus thairg sí don mbeirt iad.

D'ardaigh Kurt a lámh. "Ní mór dúinn a bheith ag imeacht anois."

"Fanaigí go fóill." D'oscail Sorcha mála siopadóireachta. "Cheannaigh mé ciste deas seacláideach daoibh." Thóg sí ciste as an mála. Shleamhnaigh nuachtán amach ar an mbord. Bhí pictiúr de Mhac Eoin agus de Kurt ar an gcéad leathanach mar aon le fógra faoin airgead a bhí á thairiscint ar a son. Phioc Sorcha suas an nuachtán agus chuir sí go tapaidh é ar ais sa mhála.

"Bogaimis!" a dúirt Kurt le Mac Eoin. Dheifrigh siad amach as an seomra agus síos an staighre. D'oscail Mac Eoin an doras. Bhí carr mór ag stopadh lasmuigh de teach. "Bleachtairí!"

Dhún sé an doras agus chuir sé a lámh ina phóca.

"Mo ghunna, tá sé imithe!" Chuardaigh Kurt a phócaí. "Tá mo cheannsa imithe chomh maith." Stán siad ar a chéile. "Thog an bhean sin iad," a dúirt Mac Eoin. Rith siad ar ais suas an staighre. Tháinig Séarlaí amach ar an léibheann. "Cad tá cearr?" a d'fhiafraigh sé.

"Do dheirfiúr," a dúirt Mac Eoin, "Rinne sí scéala orainn* leis na Gardaí." Rith Sorcha amach agus síos an staighre léi. D'oscail si doras na sráide. Dheifrigh triúr bhleachtaire isteach le gunnaí ina lámha. Scairt duine acu suas an staighre: "Tá an teach seo timpeallaithe againn. Ní féidir libh éalú. Caithfidh sibh géilleadh...láithreach!"

Rith Mac Eoin agus Kurt isteach i seomra leapa. Stán siad amach an fhuinneog ar dhíon tí thíos fúthu. D'oscail Kurt an fhuinneog. "Tig linn dreapadh síos an píopa taosctha sin go dtí díon an tí eile." Dhreap siad síos an píopa. Ar éigean a shrois siad an díon nuair a d'fhuaimnigh gunna ón bhfuinneog thuas. Dheifrigh siad trasna an díon. Tháinig siad go bearna chaol idir iad agus an chéad teach eile. Léim Kurt thar an mbearna. Léim Mac Eoin ina dhiaidh. Shleamhnaigh a chosa ar na slinnte agus sciorr sé siar go himeall an dín. Rug sé greim ar an ngáitéar*. Chuaigh Kurt ar ais agus tharraing sé suas é. D'imigh piléar ag siúrsán* thar a cheann. Dheifrigh siad go dtí an taobh eile den díon. D'fhéach siad síos. Bhí seid timpeall ocht dtroigh fúthu. Léim siad anuas ar an seid agus as sin anuas ar an talamh.

Lig Mac Eoin cnead as. "Mo mhurnán*! Tá sé gortaithe."

rinne sí scéala orainn – *she informed on us*
ar an ngáitéar – *on the gutter*

ag siúrsán – *buzzing*
mo mhurnán – *my ankle*

"Cuir do lámh timpeall mo ghualainn," a dúirt Kurt.

Bhain siad cúlgheata amach agus chuaigh siad tríd sin isteach i lána. Bhí lárionad siamsa* ar thaobh amháin den lána. D'iompair Kurt a chomrádaí isteach ann. Ní raibh ach duine amháin eile san áit, fear ramhar i gcóta bán. Stán sé orthu le hiontas. Ansin dheifrigh sé amach trí dhoras ag cúl an lárionaid. Stán siad timpeall. Bhí meaisíní cearrbhachais* ina seasamh ag na ballaí. Stop Mac Eoin ag ceann acu agus bhain sé a lámh de ghualainn Kurt.

"Ní thig liom dul níos faide," a dúirt sé. "Téir ar aghaidh tú féin."

Chualadar scairteanna laistiar díobh. Scaoileadh gunnaí. Bhuail piléar Mac Eoin sa dhroim. Shleamhnaigh sé síos ar an urlár. Ag titim dó bhuail sé in aghaidh lámh an mheaisín agus tharraing sé anuas é. Thit carn píosaí airgid anuas ar a aghaidh agus é ina luí éag-ghonta ar an urlár. Rith Kurt isteach tríd an gcúldoras. Díríodh gunna ar a éadan. "Tá tú gafa!" a scairt guth go buach.

lárionad siamsa – *amusements centre*
meaisíní cearrbhachais – *gambling machines*

Caibidil a Ceathair Déag

KURT INA CHIME

(Tugtar rogha an dá dhíogha* do Kurt)

Bhí miongháire ar bhéal an Phríomh-Cheannfort Ó Briain nuair a threoraigh bleachtaire Kurt isteach ina oifig. "Suigh," a d'ordaigh sé. "Ar mhaith leat cupán tae?"

Chroith Kurt a cheann. Leath an miongháire. "Bhuel, thángamar suas leat faoi dheireadh!"

"Mharaigh sibh Mac Eoin go fuarchúiseach*, a dúirt Kurt. "Ní raibh gunna á iompar aige."

"Fear dainséarach ba ea é. Ní fhéadfaimis dul san fhiontar." D'oscail an Príomh-Cheannfort an comhad ar a dheasc. "Anois, ba mhaith liom cúpla ceist a chur ort."

"Oifigeach Gearmánach is ea mise," a dúirt Kurt. "De réir an dlí idirnáisiúnta ní gá dom aon eolas a thabhairt duit seachas sonraí faoi mo chéim mhíleata agus mar sin de." D'imigh an miongháire ar bhéal Uí Bhriain.

"Ní raibh tú in éide mhíleata nuair a gabhadh tú. Bhí tú ag obair mar spiaire in aghaidh an stáit seo. Níl ceart ar bith agat faoin dlí idirnáisiúnta. Caithfear déileáil leat mar spiaire. D'fhéadfadh rudaí dul an-dian ort." Stán sé go géar ar Kurt. "Ach má tá tú toilteanach comhoibriú linn d'fhéadfaimis plé go trócaireach leat. Mar thús, tabhair eolas dom maidir le gach aon duine

[65]

lena raibh tú i dteagmháil leis, nó léi, ó tháinig tú chun na tíre seo."

Chlaon Kurt a cheann. "Nílim chun an t-eolas sin a thabhairt duit."

"Mholfainn duit athmhachnamh a dhéanamh," a dúirt Ó Briain go séimh. "Tá fonn mór ar na húdarais i dtíortha áirithe eile a lámha a leagan ort. Dá bhfaighidís greim ort ní bheidís ró-lách leat. Bhuel, cad a deir tú anois?"

Níor fhreagair Kurt é. Stán an Príomh-Cheannfort air go mífhoighneach. "Cuir ar ais sa chillín é," a d'ordaigh sé don bhleachtaire.

Tógadh Kurt síos dorchla* fada. Ag dul thar sheomra dó chuala sé guth a d'aithin sé ag teacht ón doras oscailte. "Herr Kruger! Conas atá tú?" Sheas an Breatnach ag an doras. "Stop!" a d'ordaigh an bleachtaire. "Ba mhaith le do chara labhairt leat."

"Sean-chara," a dúirt an Breatnach. "Sean-chara a bhfuil fiacha aige orm." Chuimil sé colm* ar a smig. "Seo seoid chuimhne a thug sé dom." Bhuail sé Kurt san aghaidh lena dhorn.

Rith sruth fola ó shrón Kurt. D'ardaigh Kurt a dhorn féin chun buille a thabhairt don mBreatnach. Ach sádh gunna ina dhroim. "Bog ar aghaidh!" a d'ordaigh an bleachtaire. Shiúil Kurt síos an dorchla. "Auf wiedersehen, Herr Kruger," a scairt an Breatnach ina dhiaidh.

Bhí an cillín measartha mór. Bhí dhá leaba ann mar aon le bord, cúpla cathaoir, báisín agus crúsca uisce.

dorchla – *corridor*
colm – *scar*

Dhoirt Kurt uisce sa bháisín. Ghlan sé an fhuil dá shrón. Chuaigh sé go dtí an fhuinneog agus stán sé amach idir na barraí iarainn. D'féadfadh sé radharc a fháil ar chuid den bhóthar a bhí lasmuigh de bhallaí an charcair. Shuigh sé ag an mbord. Osclaíodh an doras agus tháinig garda isteach. Chuir sé béile ar an mbord agus d'imigh leis gan focal a rá. Gach lá scaoileadh isteach sa chlós é chun siúlóid a dhéanamh. Ansin chuirtí ar ais sa chillín é. Bhí sé ag ceapadh go ndéanfaí é a cheistiú arís. Ach níor chuir an Príomh-Cheannfort fios air. Ba chosúil go raibh seisean ag imirt cluiche feithimh.

D'imigh seachtain thart agus ansin fuair sé séiléir* nua. Bhí an duine seo cainteach croíúil*. Thug sé 'Fritz' ar Kurt. Bhíodh píosaí eolais aige faoina raibh ag titim amach sa saol lasmuigh. "Is eagal liom nach bhfuil ag éirí go maith le do dhreamsa, Fritz. Tá na Rúisigh ag tabhairt léasadh dóibh." Uaireanta thugadh sé toitíní do Kurt. "Bheinnse i dtrioblóid dá bhfaighfí amach faoi seo," a dúirt sé. "Ach bhíos féin im' chime lá dá raibh. Bhíomar go léir ar an taobh chéanna an t-am sin sa chath ar son ár saoirse." Tráthnóna amháin bhí scéala aige do Kurt. "Is gearr go mbeidh companách agat anseo… Gearmánach eile." Chuaigh sé go dtí an bord ar a raibh pacáiste folamh toitíní. Scríobh sé ar an bpacáiste agus thug do Kurt é. "Bí cúramach!" a bhí scríofa aige. Léigh Kurt é. Chlaon sé a cheann agus srac sé suas an pacáiste.

An mhaidin dár gcionn cuireadh fear eile isteach sa

séiléir – *warder*
croíúil – *cheerful*

chillín. Chroith sé lámh le Kurt. "Wolfgang Sailer is ainm dom," a dúirt sé. "Tháinig mé go Baile Átha Cliath sular thosaigh an cogadh. Iarradh orm obair rúnda a dhéanamh don Ghearmáin." Rinne sé miongháire le Kurt. "Ní rabhas im' bhall den rannóg fhaisnéise mhíleata ar nós tusa. Bhí an-mheas agam i gcónaí ar an obair iontach a rinne sibhse. Shuigh sé. "Inis dom. Conas a ghníomhaíonn sibh sa tír seo?"

Stán Kurt go míshásta air. "Ní mór dúinn a bheith discréideach faoi na cúrsaí seo."

Lean Sailer de bheith á cheistiú ach níor fhreagair Kurt é. Tógadh Sailer as an gcillín an mhaidin dár gcionn. Níor fhill sé. Bhí a shéiléir ag gáire nuair a thug sé a bhricfeasta isteach. "Tá do chara glanta leis, Fritz."

Thug an Príomh-Cheannfort cuairt ar Kurt an tráthnóna sin. "Seo é an deis deireanach* a thabharfar duit. Bhfuil tú sásta comhoibriú linn?"

Chroith Kurt a cheann.

Lig an Príomh-Cheannfort osna. "Tá go maith. Duitse féin is measa. Déanfaidh mé socruithe chun tú a thabhairt suas do na Briotanaigh. Saol práta i mbéal muice* a gheobhaidh tú uathusan." Chas sé go tobann agus d'fhag sé an cillín. Dúnadh an doras le cling-cleaing ina dhiaidh.

deis deireanach – *last opportunity*
saol práta i mbéal muice – *short shrift*

Caibidil a Cúig Déag

ÉALÚ

(Faigheann Kurt cabhair nach raibh súil aige leis)

D'imigh seachtain eile thart. Bhí Kurt ar bís* i rith an ama sin. Ní raibh a fhios aige céard a tharlódh dó. Bhí rud amháin cinnte: ní raibh dealramh rómhaith ar chúrsaí. Lá amháin nuair a bhí sé ina luí ar a leaba d'fhógair an séiléir go raibh cuairteoir aige. Tháinig aoibh air nuair nuair a shiúil Máirín isteach sa chillín. Ach scaipeadh a chuid áthais nuair a chonaic sé go raibh an Breatnach léi. Stán seisean air le dradgháire ar a bhéal. "Is léir nach bhfuil áthas ort mé a fheiceáil arís, Herr Kruger. Ach lorg Máirín cead tú a fheiceáil don uair dheireanach." Thug sé sracfhéachaint ar Mháirín. "Dála an scéil, tá lámh is focal* eadrainn. Tá sé ar intinn againn pósadh go luath."

Stán Kurt ar Mháirín. "An fíor sin?"

"Is fíor," a d'fhreagair sí. "Tá cúl láimhe tugtha agam don IRA agus don ghnó díchéillí sin go léir. Má tá ciall agatsa cabhróidh tú leis."

Chuir Kurt meill air féin*. "Níor chreideas riamh go ndéanfása an chúis a thréigean." Chas sé a dhroim leo. "Imígí! Ní theastaíonn uaim tuilleadh comhrá a bheith agam libh."

"Bhí a fhios agam gur cur amú é a bheith ag caint leis," a dúirt an Breatnach le Máirín. Bhog sé i dtreo an

[69]

ar bís – *in suspense*
lámh is focal – *engaged to marry*
chuir Kurt meill aur féin – *Kurt curled his lip*

dorais. "Bíodh cion a dhearmad aige*."

Lean Máirín é go dtí an doras. Roimh imeachta di chas sí agus chaith sí pacáiste toitíní ar an leaba. "An gal deireanach don fhear daortha."

Rinne an Breatnach gáire agus d'fhágadar an cillín. Chuala Kurt an doras á chur faoi ghlas arís. Shuigh sé ar an leaba. Rinne sé iarracht dearmad a dhéanamh ar Mháirín ach ní fhéadfadh sé í a chur as a intinn. Thóg sé suas an pacáiste toitíní agus d'oscail sé é. Thit nóta amach as. Léigh sé é. "Nuair a bheidh tú ag siúlóid sa chlós amárach cloisfidh tú duine ag feadaíl ar an taobh eile den bhalla. Tá socruithe éalaithe idir lámha againn. Grá ó M." Léigh sé an nóta arís. Ansin chuir sé trí thine é.

An mhaidin dár gcionn tháinig an séiléir isteach chun é a thabhairt amach go dtí an clós aclaíochta. "Tá an ghrian ag taitneamh inniu, Fritz. Bain sult as do shiúlóid." Shiúil Kurt i ngar don bhalla ach níor chuala sé aon fheadaíl lasmuigh. Bhí a thréimhse aclaíochta beagnach thart nuair a chuala sé duine ag feadaíl. Sheas sé ag an mballa. Tháinig dréimire déanta de rópa thar an mballa. Fuair sé greim air. Rith an séiléir ina threo. Thosaigh sé ag tarraingt gunnáin amach. "Stop!" a scairt sé. Chaoch sé a shúil* le Kurt. "Tabhair buille ar an smig dom" a dúirt sé i gcogar. "Anois!"

Bhuail Kurt é lena dhorn. Thit an séiléir ar an talamh. Dhreap Kurt suas an dréimire go barr an bhalla. Tharraing sé an dréimire aníos agus chroch anuas é ar an taobh eile den bhalla. Thuirling sé ar an

Bíodh cion a dhearmad aige – *let him stew in his own juice*
chaoch sé a shúil – *he winked*

mbóthar lasmuigh. Croitheadh lámh ó charr i ngar dó. Bhí an cúldoras ar oscailt. Rith sé anonn agus chaith sé é féin isteach sa charr. D'imigh an carr leis faoi lánluas. Bhí Máirín sa suíochán in aice leis. Phóg sí é. "B'iontach an píosa aisteoireachta a rinne tú inné," a dúirt sé. "Chuir sé dallamullóg ormsa."

"Agus ar an mBreatnach," a dúirt Máirín. "Tóg é seo." Chuir sí gunnán ina lámh. "Níl an chontúirt thart fós."

"Níl sé in aon ghar do bheith thart," a dúirt an tiománaí. Bhí sé gléasta in éide sagairt.

"Seo é Páid Ó Conchúir," a dúirt Máirín. "Ní bhfuair sé ord beannaithe* fós. Ach is mór an chabhair é an riocht sagairt*."

D'fhág siad an chathair agus shrois siad machaire méith na Mí. Ar imeall Bhaile Átha Bhuí bhí carranna á stopadh ag na Gardaí. "Síos libh!" a d'ordaigh Ó Conchúir. Luigh Kurt agus Máirín ar urlár an chairr. Chlúdaigh Ó Conchúir iad le ruga taistil. Tháinig Garda anall agus stán sé isteach ar Ó Conchúir. Rinne sé cúirtéis don 'sagart'. "Is oth linn moill a chur ort, a athair. Tá seiceáil ar siúl againn."

Stán Ó Conchúir go mífhoighneach ar a uaireadóir. "Tá coinne phráinneach agam leis an easpag sa Mhuileann gCearr. Táim déanach cheana féin."

Thug an Garda gearr-fhéachaint timpeall an chairr. "Tá go maith, a athair. Téir ar aghaidh." D'fhág an carr an baile. Ghéaraigh Ó Conchúir ar an luas. "Tig libh a bheith in bhur suí arís," a dúirt sé. Rinne sé gáire.

[71]

ord beannaithe – *holy orders*
riocht sagairt – *priestly disguise*

"Bhain mé tairbhe éigin as na blianta a chaith mé mar aisteoir."

Chas an carr isteach ar mhionbhóthar. Tar éis cúpla míle eile chuaigh sé suas bóithrín. Bhí teach beag feirme ag ceann an bhóithrín. Stop an carr in aice le seid féir. Tháinig fear scothaosta amach as an teach. Shiúil sé go dtí an carr. Shín sé a cheann isteach tríd an fhuinneog oscailte.

"D'éirigh libh!" "D'éirigh, a Sheáin," a dúirt Ó Conchúir.

"Tagaigí isteach," a dúirt an fear le Kurt agus Máirín.

D'fhág an bheirt acu an carr. Chúlaigh Ó Conchúir an carr isteach sa seid. Chlúdaigh sé é le féir. Lean sé Kurt agus Máirín isteach sa teach. Bhí bean bheag lách ag déanamh císte gridille. Bheannaigh sí dóibh. "Ní foláir nó tá ocras oraibh," adúirt sí. "Suígí síos ansin le hais na tine agus ullmhóidh mé béile daoibh."

Chuaigh Seán go dtí an raidió a bhí ina sheasamh ar an mbord. "Táimid díreach in am don nuacht." Chuir sé an gléas ar siúl. Bhí an nuacht lán le scéalta faoin gcogadh. Bhí Seán ar tí an raidió a mhúchadh arís nuair a d'fhógair an nuacht-léitheoir go raibh dianchuardach ar siúl chun breith ar phríosúnach polaitiúil a bhí tar éis éalú an mhaidin sin. Tugadh comharthaí sóirt* Kurt. Fógraíodh go raibh trí mhíle punt á thairiscint ar eolas a chuideodh lena athghabháil.

"Táim ag éirí níos luachmhaire," a dúirt Kurt le gáire.

comharthaí sóirt – *description*

Mhúch Seán an raidió. "Táid ag iarraidh brathadóirí* a dhéanamh den náisiún uilig."

"Ná bac leis an tseafóid sin," a dúirt a bhean. "Ithigí an béile seo."

Chaith siad an béile breá a thug sí dóibh. Ansin chas Kurt i dtreo na tine agus stán sé isteach ann go machnamhach. "Céard air a bhfuilir ag smaoineamh?" a d'fhiafraigh Máirín.

"Ní mór dom filleadh ar an nGearmáin," a d'fhreagair Kurt. "Ach ní léir dom conas is féidir liom é a dhéanamh."

"Tá bád seoil ar fáil sa Daingean i gContae Chiarraí," a dúirt Ó Conchúir. "Bhfuil taithí agat ar an seoltóireacht?"

"Tá. Ach beidh sé an-deacair cor a thabhairt* do na Gardaí chun Ciarraí a bhaint amach."

"Beidh, má taistilímid sa ghnáthshlí. Níl ach dream amháin atá ábalta taisteal timpeall na tíre gan aird a tharraingt orthu féin. Na tincéirí. Giofóga* na hÉireann. Beidh siad ag triall ó dheas anois d'Aonach an Phoic."

"Bhfuil plean agat?"

"Tá. Ón lá amárach beidh an triúr againn inár dtincéirí. Carbhán agus capall agus sean-éadaí atá uainn."

Chroith Kurt a cheann. "Conas is féidir linn iadsan a fháil."

"Tá siad i bhfolach sa seid. Carbhán deas le dhá sheomra. Agus capall láidir chun é a tharraingt."

brathadóirí – *informers*
cor a thabhairt – *to give the slip to*
giofóga – *gipsies*

Caibidil a Sé Déag

AR AN MBÓTHAR Ó DHEAS

(Cuireann an triúr chun bóthair sa charbhán)

Chuireadar chun bóthair le breacadh an lae. Bhí an carbhán péinteáilte i ndath glébhuí*. Shuigh Páid sa suíochán tiomána, an srian ina lámha. Bhí sean-hata ar a cheann aige agus píopa ina bhéal. Shuigh Máirín in aice leis. Ar a guaillí bhí seál a fuair sí ó bhean Sheáin. D'fhan Kurt istigh sa charbhán. Bhí sé gan bhearradh agus bhí sean-chaipín gioblach ar a chloigeann. Lean siad mionbhóthar ar feadh tamaill. Tháinig siad go crosaire ar a raibh cúpla teach suite. Ag dul thar bráid dóibh tháinig bean amach go dtí doras a tí. Stán sí go hamhrasach orthu. Bheannaigh Páid di ach níor fhreagair sí é. Rinne Páid gáire. "Déarfainn go bhfuil eagla ar an mbean sin go bhfuilimid chun ceann dá sicíní a ghoid." Rinne sé an capall a bhroidiú*. Bhíodar ar tí stopadh chun cupán tae a ól nuair a tháinig Garda síos an bóthar ar a rothar.

Thug Páid rabhadh do Kurt. Stop an Garda agus thuirling sé dá rothar. "Cá bhfuil bhur dtriall?" a d'fhiafraigh sé.

"Aonach an Phoic," a d'fhreagair Páid.

"Tá aistear fada romhaibh. "Bhfuil éinne eile leat seachas do bhean?"

"Tá mo dheartháir Tadhg istigh sa charbhán." Lig

glébhuí – *bright yellow*
a bhroidiú – *urge on*

Páid osna. "Níl an duine bocht ar fónamh. Is eagal liom nach mairfidh sé i bhfad eile."

Thug an Garda sracfhéachaint ar an taobh istigh den charbhán.

"Cad tá cearr leis?"

"Nílim róchinnte," a dúirt Páid, "ach ceapaim go bhfuil fiabhras tíofóideach air*"

"Fiabhras tíofóideach!" Tháinig uafás ar aghaidh an Gharda. Léim sé ar a rothar agus d'imigh leis faoi lánluas. Chroith Páid lámh ina dhiaidh. "Conas 'tá an t-othar?" a d'fhiafraigh sé de Kurt. Shuigh Kurt aniar sa bhunc ina raibh sé ina luí.

"Ocrasach," a dúirt sé. "Cathain a bheidh béile againn?"

"Ní mór dúinn fanacht tamall eile," a d'fhreagair Páid. "Caithfimid deifriú ar aghaidh. B'fhéidir go bhfógróidh an Garda sin gur chontúirt sinn do shláinte an phobail." Chuir sé an capall ar sodar.

Bhí sé déanach san tráthnóna nuair a stopadar. Scaoil Páid an capall isteach i bpáirc. "Lasaigí tine," a dúirt sé. "Rachaidh mise ar thóir rud éigin don phota." Chaoch sé a shúil leo agus d'imigh sé thar chlaí. Thosaigh Kurt ar tine a adhaint*. Chuaigh Máirín ar lorg uisce. Nuair a d'fhill sí bhí Kurt ar a ghlúine is é ag séideadh go tréan ar thine leath-lasta. Bhí a aghaidh clúdaithe le deatach. Rinne sí gáire. "Ní aithneoidh éinne tú sa bhréagriocht sin atá ar d'aghaidh!"

Chuir Kurt strainc* air féin. "Seo ceann de na rudaí nár thug mo cheannairí sa Ghearmáin eolas dom faoi."

fiabhras tíofóideach – *typhoid fever*
a adhaint – *to light*
strainc – *wry face*

"Foghlaimeoidh tú de réir a chéile," a dúirt Máirín. Las sí an tine i gceart agus chroch sí pota uisce os a cionn. "Faigh roinnt prátaí dom as an mála atá sa charbhán," a dúirt sí.

D'imigh Kurt isteach sa charbhán. Chuala Máirín coiscéimeanna laistiar di. "A' bhfuair tú rud éigin deas don phota, a Pháid?" a dúirt sí thar a gualainn."

"Cé hé Páid?" a d'fhiafraigh guth. Chas sí timpeall. Bhí fear mór téagartha ina sheasamh in aice na tine. Bhí stoth gruaige* rua ar a cheann. "Cé tusa?" a d'fhiafraigh Máirín.

"Mac Donncha is ainm dom. Tá ár gcampa suite cúpla céad slat suas an bóthar. Chonacas bhur dtine. Thángas chun féachaint cé bhí ann." Stán sé le taitneamh uirthi. "Tá áthas orm anois gur thángas." Dhruid sé i ngar di.

D'fhéach Máirín ar an gcarbhán. Stán Mac Donncha sa treo céanna. "Bhfuil duine éigin istigh ansin?"

Chroith Máirín a ceann. Dhruid seisean níos gaire di. "Cár díobh thú?"

"Muintir Uí Chofaigh. Táimid ar ár mbealach go hAonach an Phoic."

"Cé hé Páid? D'fhear?"

Chroith sí a ceann arís. Scairt sé ag gáire.

"Ba chóir fear a bheith ag bean bhreá mar thusa." Rinne sé iarracht ar bharróg a bhreith uirthi. Tharraing sí leiceadar* air.

"Tá misneach agat," a dúirt sé. "Is maith liom bean

stoth gruaige – *mop of hair*
leiceadar – *slap on face*

le misneach…" Shín sí a lámh amach chun breith uirthi arís.

Fuarthas greim ar a ghualainn agus casadh timpeall é. Fuair sé buille ar an smig a d'fhág é sínte amach ar an talamh. "Imigh leat!" a d'ordaigh Kurt. D'éirigh Mac Donncha. Chuir sé eascaine ar Kurt agus d'ionsaigh sé é lena chloigeann. Chuaigh Kurt ar gcúl. Lean Mac Donncha é. "Fainic! Tá scian aige!" a scairt Máirín. Fuair Kurt greim ar ghéag an fhir eile. Tharraing sé go tobann agus leagadh Mac Donncha ar a aghaidh. Thit an scian as a lámh. Shín sé a lámh amach chun greim a fháil air arís. Shatail* Kurt ar a mhéara. Lig Mac Donncha scread as. D'éirigh sé agus dheifrigh sé suas an bóthar.

"Íocfaidh tú as seo!" a scairt sé siar. Phioc Kurt an scian aníos ón talamh. Chaith sé isteach i ndíog é.

Léim Páid thar chlaí agus tháinig sé anall chucu. Bhí cearc mharbh á hiompar aige. "Chuala mé racán," a dúirt sé. "Cad a tharla?"

"Bhí cuairteoir againn," a dúirt Kurt.

"Mac Donncha b'ainm dó," a dúirt Máirín. "Rinne sé iarracht ar bharróg a bhreith orm."

"Is contúirteach an dream iad muintir Mhic Dhonncha." Chroith Páid a cheann go himníoch. "Tá súil agam nach mbeidh trioblóid againn leo." D'ardaigh sé an chearc. "Suipéar…"

"Cá bhfuair tú í ?" a d'fhiafraigh Kurt.

"Thit sí anuas ón spéir." Stán Páid ar an bpota. "Cuidigh liom tórramh* a thabhairt di.

[77]

shatail – *stamp on*
tórramh – *wake*

Caibidil a Seacht Déag

CRUACHÁS

(Tá an Seanadóir de Paor i gcruachás arís)

D'umhlaigh an Seanadóir de Paor do Chathaoirleach an tSeanaid. D'fhág sé an seomra agus é an-sásta leis an óráid a bhí déanta aige. Mhol sé do gach dream sa tír aontú laistiar den rialtas ar son leas na tíre. Fuair sé bualadh bos mór. Thrasnaigh an tAire Dlí agus Cirt an t-urlár chun comhghairdeachas* a dhéanamh leis. Thabharfadh sé cuireadh chun dinnéir don Aire. Bhí sé tráthúil caradas a shnadhmadh leis. Bhí Deirdre cóir a bheith geallta dá mhac. Deirdre! B'ise an t-aon ábhar míshástachta a bhí aige. Tuige nach bhféadfadh sí bheith níos tuisceanaí? Tar éis an tsaoil ní raibh uaidh ach comhairle a leasa a thabhairt di. Bhí Deirdre ag fanacht leis sa halla. Chuaigh sé chuici agus aoibh air. "Cad é do mheas ar an óráid sin a rinne mé?"

Ní dhearna Deirdre aon iarracht ar mhéanfach* a cheilt. "Cén óráid?"

"Nach raibh tú san áiléar* ag éisteacht liom?"

"Bhí, ach thiteas im' chodladh. Tá an t-aerú san áit sin go dona."

Lig an Seanadóir osna. Ba dheacair an obair é a iníon a stiúradh. Ach chaithfeadh sé iarracht a dhéanamh. "Cogar, a Dheirdre," a dúirt sé go séimh, "tá ard-áthas orm go bhfuil caradas idir tusa agus mac an

[78]

comhghairdeachas – *congratulations*
méanfach – *yawn*
áiléar – *gallery*

Aire Dlí agus Cirt. Ba mhaith liom go dtabharfá cuireadh chun ár dtí dó."

Chuir Deirdre roic* ina sróin. "Ní thaitníonn an t-amadán sin liom. Tá sé ró-ramhar agus tá goiríní* aige."

"Ní ceart duit an leabhar a mheas ar a chlúdach. Caithfidh tú féachaint thar an taobh sheachtrach de dhuine."

"Níl aon taobh eile ar an spreasán sin. Ar aon nós d'éirigh mé tuirseach de. Tá stócach nua agam anois."

"Cé hé féin?"

"Seinneann sé na drumaí i bpop-ghrúpa. Beidh mé ag dul chun cóisir leis anocht. Níl a fhios agam cathain a fhillfidh mé abhaile...má fhillim ar chor ar bith!" Rinne Deirdre gearrgháire agus phramsáil sí amach as an halla.

Bhí gruaim ar an Seanadóir agus é ag tiomáint abhaile. Nuair a shrois sé a theach dheifrigh sé isteach sa leabharlann chun deoch a fháil. Chuir sé a mhéar ar lasc an tsolais.* Tháinig guth ón dorchadas. "Ná las an solas le do thoil."

Chas an Seanadóir timpeall. Bhí fear ina sheasamh in aice na fuinneoige. Bhí sé gléasta in éide oifigigh airm. Tháinig an fear anall chuige. "Maith dhom an cur isteach seo. Ach theastaigh uaim labhairt leat go práinneach."

Stán an Seanadóir air go géar. "Cé tusa agus cad tá uait?"

"Is ball mé de ghrúpa áirithe san arm. Ba mhaith

[79]

roic – *wrinkle*
goiríní – *pimples*
lasc an tsolais – *light switch*

linn teagmháil a dhéanamh leis an nGearmánach a bhíodh ag fanacht anseo. Tá teachtaireacht againn dó."

"Cén sórt teachtaireachta?"

Chroith an t-oifigeach a cheann. "Ní féidir liom é a insint duit. Ach tig liom a rá go bhfuil sé tábhachtach do thodhchaí* na tíre seo."

Chorraigh an Seanadóir go míchompordach ina chathaoir. B'fhéidir go raibh an fhírinne á hinsint ag an bhfear seo. Os a choinne sin b'fhéidir gur cleas a bhí ann. Chaithfeadh sé a bheith aireach. "Níl a fhios agam cá bhfuil an Gearmánach. Ach tá seoladh agam im' thaisceán thuas staighre. B'fhéidir go dtiocfadh leat teagmháil a dhéanamh leis ansin." D'éirigh an Seanadoir. "Gheobhaidh mé an seoladh duit."

Ar a bhealach suas staighre bhí sé ag smaoineamh go raibh deis iontach aige anois chun dáimh an Phríomh-Cheannfoirt a fháil arís. Chuaigh sé isteach ina sheomra leapa. D'ardaigh sé an teileafón agus rinne sé uimhir a dhiailiú. Chuala sé guth domhain an Phríomh-Cheannfoirt. "Haló." Labhair an Seanadóir go tapaidh. Ansin chuir sé an teileafón ar ais. Scríobh sé seoladh síos ar bhlúire páipéir agus d'fhill sé ar an leabharlann. Thug sé an blúire páipéir don oifigeach. "Sin é an seoladh."

"Táimse féin agus mo chuid compánach an-bhuíoch díot." Bhog an t-oifigeach i dtreo an dorais. "Fan. An ólfá deoch?"

"Bhuel…" Tháinig an t-oifigeach ar ais. "Cad a ólfaidh tú? Cognac, fuisce, seirí, beoir?"

todhchaí – *future*

"Beidh buidéal Guinness agam le do thoil."

Thug an Seanadóir an deoch dó. "Suigh síos agus glac do shuaimhneas."

Shuigh an t-oifigeach. Choinnigh an Seanadóir ag comhrá é. Tar éis tamaill stán an t-oifigeach ar a uaireadóir. D'éirigh sé. "Ní mór dom a bheith ag imeacht." Ghabh sé buíochas arís leis an Seanadóir agus d'fhág sé an teach. Sheas an Seanadóir ag an doras is é ag féachaint ar an oifigeach ag dul isteach ina charr. Dhúisigh an t-oifigeach an t-inneall. Bhí sé ar tí an carr a chur ag gluaiseacht nuair a mhothaigh sé gunna ar chúl a mhuinéil.

"Múch an t-inneal," a d'ordaigh an bleachtaire. "Beidh tú ag teacht linne."

Dhún an Seanadóir an doras go ciúin. D'fhill sé ar an leabharlann agus miongháire* ar a bhéal.

miongháire – *smile*

Caibidil a hOcht Déag

AN TÓRAÍOCHT*

(Tá na Gardaí ar thóir Kurt)

"Ní fhéadfadh Kruger a bheith imithe as radharc," a dúirt an Breatnach. Las sé toitín. Bhí creathán ar a láimh.

D'fhéach an Príomh-Cheannfort go drochmheasúil air. "Táim cinnte go dtiocfaimid suas leis," a dúirt sé.

D'fhuaimnigh an teileafón. Phioc sé suas é. "Haló? Ó Briain... Cén áit?... Fanaigí timpeall ar an teach. Ach ná téigí isteach go dtí go mbeidh mise i láthair." Chuir sé an gléas ar ais. "Tháinig siad ar charr na mná sin ar fheirm i gContae na Mí. Measann siad go bhféadfadh Kurt is a chairde a bheith sa teach." Dheifrigh sé chun an dorais. "A' dteastaíonn uait teacht liom? Nó arbh fhearr leat fanacht go sábháilte anseo?"

Dhearg an Breatnach. "Rachaidh mé leat. Ba mhaith liom deireadh na tóraíochta a fheiceáil." Lean sé an Príomh-Cheannfort amach go dtí carr mór dubh. Tugadh ordú don tiománaí agus d'imigh an carr faoi lánluas.

Nuair a shrois siad an teach feirme tháinig cigire go dtí an carr. Rinne sé cúirtéis leis an bPríomh-Cheannfort. "Níor tharla aon rud fós." Lean an Príomh-Cheannfort agus an Breatnach é isteach i gclós na feirme. Bhí solas ar lasadh sa chistin. Thug an

tóraíocht – *pursuit*

Príomh-Cheannfort comhartha agus chuaigh na bleachtairí go léir i dtreo an tí. Nuair a shroiseadar an doras bhriseadar é agus rith siad isteach sa chistin, a ngunnaí ina lámha. Bhí bean scothaosta ar a glúine cois na tine. Bhí paidrín* ina lámha aici. Chas sí timpeall agus lig sí scread.

"Cuardaigí an teach!" a d'ordaigh an Príomh-Cheannfort. Stán sé ar an mbean. "Cá bhfuil siad?"

"Níl ach mé féin is m'fhear inár gcónaí anseo," a d'fhreagair an bhean.

"Cá bhfuil d'fhear?" "Tá sé imithe ar cuairt chun a dheartháir a fheiceáil. Tá an créatúr bocht an-bhreoite."

"Níl éinne eile thíos anseo," a dúirt an cigire. "Cuardóidh mé thuas staighre." Bhí sé leath-bhealach suas an staighre nuair a scaoileadh piléar faoi. Shleamhnaigh sé síos go bun an staighre.

"Téanam oraibh!" a scairt Seán ón léibheann. "Níl sibh ag plé le seanbhean scanraithe anois."

"Téadh cuid agaibh isteach trí chúl-fhuinneog," a d'ordaigh an Príomh-Cheannfort.

"Coimeádfaidh mise gnóthach anseo é." Dhruid sé níos gaire don staighre. "Bíodh ciall agat," a scairt sé. "Is fearr duit géilleadh. Caith anuas do ghunna."

"Géilleadh?" Rinne Seán searbhgháire*. "Níor ghéilleas do na Dúchrónaigh* agus ní ghéillfeadsa daoibhse!" Shiúil sé go mall síos an staighre. Bhí sruth fola ag rith as a mhuinéal. Scaoil an Príomh-Cheannfort leis. Lean Seán air ag teacht anuas. Nuair a tháinig i

[83]

paidrín – *rosary beads*
searbhgháire – *bitter laugh*
Dúchrónaigh – *Black and Tans*

ngar don Phríomh-Cheannfort d'ardaigh sé a ghunna.
Tharraing sé an truicear. Tháinig cniog ón ngunna. Ní
raibh aon philéar fágtha sa chuasán*. Thit Seán anuas
ar a aghaidh. Chas an Príomh-Cheannfort a chorp lena
bhróg. Rith an bhean anall chuige.

"Mharaigh tú é!" Rinne sí iarracht ar aghaidh Uí
Bhriain a scríobadh lena hingne. Tharraing cúpla
bleachtaire siar í.

"Tóg í go dtí ár gceanncheathrú*," a d'ordaigh an
Príomh-Cheannfort. "B'fhéidir go n-éireoidh linn eolas
a fháil uaithi." Chrom sé síos agus ghlan sé braonacha
fola dá bhróg. Shiúil sé go dtí an doras. Bhí an
Breatnach i ngar don bhalla lasmuigh. D'imigh an
Príomh-Cheannfort thairis gan focal a rá.

cuasán – *chamber (of gun)*
ceanncheathrú – *headquarters*

Caibidil a Naoi Déag

TRIOBLÓID ARÍS

(Bíonn tuilleadh trioblóide i ndán don triúr)

Shuigh Deirdre siar ina cathaoir. Rinne sí méanfach agus stán sí timpeall an bhoird ar a comh-aíonna*. Bhí a bhformhór leath-ólta. Bhí sí marbh tuirseach díobh go léir. Bhí aiféala uirthi anois gur aontaigh sí teacht lena hathair go dinnéar bliantúil Ridirí Naomh Calixtus i Luimneach. Thug sí sracfhéachaint ar a hathair. Bhí seisean ag éisteacht leis an Teachta Dála Ó Murchú ag insint scéil gháirsiúil faoi easpag agus rinceoir uchta*.

Nuair a bhí an scéal inste bhris an lucht éisteachta amach ag gáire. Ní fhéadfadh Deirdre tuilleadh a fhulaingt. D'fhág sí an bord agus chuaigh sí isteach i dtolglann* an óstáin.

Ní raibh ach duine amháin eile sa tolglann. Ógfhear ard tanaí le smig mhaol ba ea é. Bhí sé ina shuí i gcúinne le deoch ina láimh. Shuigh Deirdre ar an taobh eile den seomra. Stán an fear óg uirthi go fiosrach. Tháinig freastalaí isteach. Ghlaoigh an fear óg air agus labhair leis i gcogar. Dheifrigh an freastalaí amach. D'fhill sé le gloine Martini agus chuir sé ar an mbord é os comhair Dheirdre.

"Níor ordaigh mé deoch," a dúirt Deirdre leis.

"D'iarr an fear sa chúinne thall orm é a thabhairt duit lena dhea-mhéin." D'imigh an freastalaí. Tháinig

[85]

comhaíonna – *fellow guests*
rinceoir uchta – *lap dancer*
tolglann – *lounge*

an fear óg anall agus shuigh sé in aice le Deirdre.

"Maith dhom mo dhánacht," a dúirt sé.

"Níl sé de nós agam deochanna a ghlacadh ó strainséirí."

Thairg sé toitín di. "Níl sé de nós agam glacadh le toitíní ach oiread," a dúirt Deirdre.

Rinne sé gáire. "Iompar cuibhiúil* d'ógbhean mhaisiúil. Ach mheasas go ndéanfá eisceacht sa chás seo. Is cosúil gur caora fáin* tú anocht ar mo nós féin."

"Nílim liom féin. Tá m'athair istigh sa phroinnseomra."

"Tá m'athairse ann freisin. B'fhéidir gur chuala tú faoi…Tomás Ó Murchú, Teachta Dála."

"Chuala."

"Ba chóir dom féin mé féin a chur in aithne duit." Shín sé a lámh amach. "Launcelot Ó Murchú is ainm dom."

Níor chroith Deirdre a lámh. "Deirdre de Paor is ainm domsa." D'fhéach sí go cleithmhagúil air. "Cá bhfuair tú an t-ainm seafóideach ud, Launcelot?"

"Tá an an-mheas ag m'athair ar na Briotanaigh. Thug sé Victoria Gwendolyn mar ainm ar mo dheirfiúr bhocht. Is dócha gur iníon tusa leis an Seanadóir de Paor.

Bhog sé níos gaire do Dheirdre. "Cogar, ar chuala tú an scéal faoin easpag agus an rinceoir uchta?"

D'éirigh Deirdre. "Slán…"

"Fan!" D'éirigh Ó Murchú chomh maith. "Tá mo charr spóirt nua lasmuigh. Téimis ag marcaíocht ann. Is iontach an luas ata faoi."

iompar cuibhiúil – *proper conduct*
caora fáin – *lost sheep*

Chroith Deirdre a ceann. Ansin chuala sí a hathair ag gáire ar nós asail sa seomra eile. Bhain sí searradh as a guaillí. "Tá go maith."

D'fhág siad an t-óstán. Bhí carr dearg spóirt páirceáilte i ngar don doras. Shuíodar sa charr agus dhúisigh Ó Murchú an t-inneal. Tháinig geonaíl ard fhiáin ón charr.

Thiomáineadar tríd an trácht. Nuair a shroiseadar imeall na cathrach rinne Ó Murchú a chos a bhrú anuas ar throitheán an luasaire*. Léim an carr chun cinn.

D'fhéach Deirdre go neirbíseach ar an luasmhéadar. "Tóg bog é!" a scairt sí go hard.

"Ná bíodh imní ort. D'fhéadfainn an bus seo a láimhseáil le dallóg* ar mo shúile."

Chas an carr timpeall cúinne ar luas lasrach. Tháinig sé i ngar do chúpla carbhán ar thaobh an bhóthair. Thosaigh na rothaí ag sleamhnú. Scinn an carr i dtreo capaillín ar imeall an bhóthair. Bhuail sé an capaillín agus leag ar an talamh é.

Dheifrigh scata tincéirí as na carbháin. Thimpeallaigh siad an carr agus stánadar go bagrach ar Ó Murchú. "Bhuail tú mo chapaillín!" a scairt duine acu. Thosaigh sé ag bolú*. "Tá tú ólta!"

"Is cosúil go bhfuil cos an chapaillín briste," a dúirt duine dá chomrádaithe.

"Sin é an t-ainmhí is fearr a bhí agam. Bhíos chun é a dhíol ar phraghas maith ag Aonach an Phoic." Shín an tincéir amach a lámh. "Caithfidh tú céad punt a thabhairt dom."

[87]

"Níor chóir don ainmhí sin a bheith ar an mbóthar," a dúirt Ó Murchú.

Bhagair an tincéir a dhorn air. "Tabhair seic dó, in ainm Dé!" a scairt Deirdre. "Teastaíonn uaim glanadh as an áit seo gan mhoill."

"Ní bhfaighidh sé pingin rua uaimse!" Dhúisigh Ó Murchú an t-inneal. "Tóg d'aghaidh gránna as an mbealach," a dúirt sé leis an tincéir. Chuir seisean eascaine ar Ó Murchú agus d'oscail sé doras an chairr. Tharraing sé Ó Murchú amach ar an mbóthar. Thosaigh an bheirt acu ag troid. Chruinnigh na tincéirí eile timpeall orthu.

Rith bantincéir go dtí an carr. Thosaigh sí ag crúbáil* ar Dheirdre. Lig Deirdre scread aisti agus d'ardaigh sí a géaga chun í féin a chosaint.

Thainig carbhán anuas an bóthar. Tharraing Páid ar shrianta an chapaill. Stop an carbhán. Stán Kurt amach. "Cad tá cearr?"

"Tá troid ar siúl thuas ansin. Is cosúil gur éirigh achrann idir na tincéirí. Tá carr ann freisin. Agus bean óg faoi ionsaí ann." Chuir Páid an capall ar siúl aris. "Buailimis ar aghaidh. Ní bhaineann an gnó seo linne."

"Fan!" a dúirt Kurt. "Aithním an bhean sa charr. Deirdre de Paor atá ann agus tá cabhair de dhíth uirthi." Léim sé anuas ón charbhán agus rith sé suas an bóthar. Stop Páid an capall. "Fan anseo," a dúirt sé le Máirín. Lean sé Kurt go mífhonnmhar*.

Tharraing Kurt an bhantincéir siar on gcarr. "Cad a tharla?" a d'fhiafraigh sé de Dheirdre. Stán sise air le

ag crúbáil – *scraping*
go mífhonnmhar – *unwillingly*

hiontas.

"Cad as ar tháinig tusa?" Níor fhan sí ar fhreagra ach dúirt. "Bhí tionóisc againn. Gortaíodh capaillín tincéara. D'ionsaigh siad sinn. Marófar an duine sin atá liom."

Rinne Kurt a bhealach tríd na tincéirí a bhí cruinnithe timpeall ar Ó Murchú. Bhí seisean ina luí ar an talamh agus a shrón ag doirteadh fola. Bhí tincéir an chapaill ina shuí air.

"Lig don bhfear sin éirí," a d'ordaigh Kurt.

"Tabhair aire dod' ghnó féin!" a scairt an tincéir.

Thosaigh a chomrádaithe ag bagairt ar Kurt. Stán seisean timpeall. Bhí a fhios aige nach bhféadfadh sé seasamh in aghaidh an scata seo go léir. Tharraing sé a ghunna amach. "Druidigí siar!"

Chúlaigh na tincéirí. D'éirigh a gcomrádaí ina sheasamh. "Cén sórt duine tusa agus gunna á iompar agat?"

Chabhraigh Kurt le Ó Murchú éirí ón talamh. Thug sé anonn go dtí an carr é. "Imigh leat…anois!"

"Cad tá ar siúl anseo?" a d'fhiafraigh guth go postúil*. Bhí scuad-charr tar éis stopadh in aice leo. Tháinig sáirsint anall chucu.

"Trom do ghunna," a dúirt Deirdre i gcogar. Thug Kurt a ghunna di.

"Rinne an bligeard seo mé a ionsaí is a bhualadh," a dúirt Ó Murchú.

"Fuair tú bataráil ceart go leor," a d'aontaigh an

[89]

---
go postúil – *officiously*

sáirsint. Stán sé ar an tincéar. "Cad tá le rá agatsa faoi seo?"

"Bhuail sé mo chapaillín lena charr. Tá cos an ainmhí bhoicht briste."

Thóg an sáirsint a leabhar nótaí amach. "Caithfidh sibh bhur n-ainmeacha a thabhairt dom.

"Launcelot Ó Murchú is ainm domsa, a sháirsint. B'fhéidir go bhfuil aithne agat ar m'athair, an Teachta Dála Tomás Ó Murchú."

Rinne an sáirsint cúirtéis leis. "Ná bíodh imní ort, a dhuine uasail. Cuirfear smacht ar an scata bithiúnach seo." Chas sé chuig an garda a bhí leis. "Tóg na tincéirí seo síos go dtí an bheairic. Déanfar iad a chúisiú*."

Thosaigh Kurt agus Páid ag bogadh ar ais i dtreo an charbháin. "Cá bhfuil sibhse ag dul?" a d'fhiafraigh an sáirsint.

"Níl aon bhaint againne leis an dream seo," a dúirt Páid. "Dhírigh an tincéir a mhéar ar Kurt. "Bhagair seisean gunna orainn."

"Gunna! Cuardaigh é," a d'ordaigh an sáirsint don gharda.

Rinne an garda Kurt a chuardach. "Níl aon rud ach drancaidí* aige," a dúirt sé. Stán an sáirsint go feargach ar an tincéir. "Níl ionaibh go léir ach scata bréagadóirí! Tóg iad go léir go dtí an bheairic agus cuir sna cillíní iad."

Dhírigh sé a mhéar ar Kurt agus ar Pháid. "Coinnigh an bheirt seo i gcillín ar leith. Níl a thuilleadh fuildhoirteadh* ag teastáil uainn." Rinne sé

a chúisiú – *prosecute*
drancaidí – *fleas*
fuildhoirteadh – *bloodshed*

cúirtéis arís le Ó Murchú. "Tig leatsa imeacht anois, a dhuine uasail."

Shuigh Ó Murchú agus Deirdre sa charr agus d'imigh leo i dtreo an Óstáin. Tógadh Kurt agus Páid agus na tincéirí go dtí beairic na ngardaí. Cuireadh Kurt agus Páid isteach i gcillín beag. Stán Páid go dubhach ar a chompánach. "Táimid i bhfíor-chruachás anois."

Chroith Kurt a cheann. "Tá súil agam go bhfanfaidh Máirín amach ón áit seo go dtí go mbeimid saor arís."

Lig Páid osna. "Tá súil agam go n-éireoidh linn bheith saor…"

* * *

Osclaíodh doras an chillín go tobann. Tháinig an sáirsint isteach. "Amach libh!" a d'ordaigh sé. Leanadar é isteach in oifig an stáisiúin. Bhí Deirdre ann. "An iad seo na fir?" a d'fhiafraigh an sáirsint.

"Is iad," a d'fhreagair sí.

Chas an sáirsint chuig an bheirt. "Is cosúil gur tharla míthuiscint éigin. Deir iníon an tSeanadóra liom nach raibh aon bhaint agaibh leis an racán sin inné. Tá an bheirt agaibh saor anois."

"Go raibh maith agat, a sháirsint," a dúirt Deirdre. "Iarrfaidh mé ar m'athair focal molta duit a thabhairt do na húdaráis,"

D'fhágadar an stáisiún. "Isteach sa charr libh," a dúirt sí. "Tógfaidh mé ar ais go dtí bhur gcarbhán sibh."

"Cén chaoi a bhfuil mac an teachta dála?" a d'fhiafraigh Páid.

"Níl a fhios agam. Agus is cuma liom." Thug Deirdre a ghunna ar ais do Kurt. "B'fhéidir go mbeidh seo ag teastáil uait."

Stop sí an carr i ngar don charbhán. "Bígí cúramach!" a scairt sí ina ndiaidh. Dhúisigh sí an t-inneal agus d'imigh an carr síos an bóthar.

Shiúil an bheirt go dtí an carbhán. Bhí Máirín ina seasamh ag an doras le haoibh an gháire ar a beola.*

le haoibh an gháire ar a beola – *with a smile on her lips*

Caibidil a Fiche

TARLÚINTÍ AG AONACH AN PHOIC

(An triúr i gcruachás i gCill Orglan)

Stop Páid an capall. Dhírigh sé a mhéar ar an mbaile a bhí i ngar dóibh. "Cill Orglan faoi dheireadh!"

Chuir Kurt a cheann amach an doras. "Cén fáth a bhfuilimid ag stopadh díreach anseo?"

"Tá an bóthar romhainn plódaithe le carbháin. Ní fhéadfaimis ár mbealach a dhéanamh tríothu anois. Ar aon nós ní cheadaítear carbháin sa mbaile le linn Aonach an Phoic. Buailimis ar aghaidh de chos. Cuirfidh mé mo chara Bilí Ó Súilleabháin in aithne díbh."

D'fhág an triúr acu an carbhán agus chuir Páid an doras faoi ghlas. Ansin thug siad aghaidh ar an mbaile.

Bhí bratach mór os cionn na príomh-shráide i gCill Orglan. Scríofa air bhí "FÁILTE GO hAONACH AN PHOIC." Bhí an tsráid plódaithe le daoine agus le hainmhithe. Chonaic siad fir ag margáil go teasaí* faoi luach bó nó capaill. Tríd an rírá go léir d'fhéadfaí ceol carnabhail a chloisteáil.

"Tá beocht éigin san aonach anois," a dúirt Páid. "Ach fanaigí go gcuirfear an choróin ar Rí an Phoic."

"Cé hé féin?" a d'fhiafraigh Kurt.

"Gabhar. Ainmhí fiáin a gabhadh ar na sléibhte.

---

ag margáil go teasaí – *bargaining heatedly*

Féach suas ansin. Sin é a ríchathaoir." Shín Páid a lámh
i dtreo ardáin a bhí timpeall tríocha troigh ar airde. Bhí
dréimirí* ceangailte de thaobhanna an ardáin.

"Cén fáth a roghnaíonn siad gabhar?" a d'fhiafraigh
Kurt. "Bhfuil baint éigin aige le cultas Pan?"

"Níl a fhios agam. D'fhéadfadh baint a bheith aige
le gabhar a thug fógra don mbaile nuair a bhí fórsaí
Chromail chun ionsaí a thabhairt faoi."

Chuaigh daoine thar bráid is iad ag cogaint cnámha.
"Cad tá á n-ithe acusan?" a dúirt Kurt.

"Crúibíní muc. Is mór an sócaimis* iad san áit seo."
Stop Páid ag teach ard bán ar a raibh "ÓSTÁN UÍ
SHÚILLEABHÁIN" péinteáilte. "Isteach anseo linn."

Chuaigh an triúr acu isteach. Ní raibh éinne ag an
gcuntar. Bhuail Paid an clog agus dheifrigh cailín
amach as seomra laistiar. Stán sí go doicheallach orthu.
"Níl aon fholúntas againn. Imigí!"

"Tá coinne agam leis an Uasal Ó Súilleabháin," a
dúirt Páid. Thug an cailín sracfhéachaint air go
hamhrasach. Ansin dheifrigh sí ar ais sa seomra eile.

Tháinig fear meánaosta amach. "Nár dúradh libh
nach raibh aon spás fágtha againn. Glanaigí libh anois!"

Shín Páid amach a lámh. "Dia dhuit a Bhilí." Stán
Bilí go géar air. Ansin tháinig miongháire ar a bhéal.
"Páid! Tar isteach, a mhic."

Lean an triúr acu Bilí isteach sa seomra ar gcúl.
Dúirt Bilí leis an gcailín súil a choinneáil ar an gcuntar.
Ansin chuir sé seomra an dorais faoi ghlas.

"Seo iad do chairde an ea?" a d'fhiafraigh sé.

dréimirí – *ladders*
sócaimis – *delicacy*

"Is ea," a dúirt Páid. "Bhfuil gach rud ullamh?"

Chroith Bilí a cheann. "Rinne na gardaí sciuird* ar na leads sa Daingean cúpla oíche ó shin. Ghabhadar Seán Ó Lochlainn agus Colm Ó hÉalaí."

"Céard faoin mbád?"

"Gabhadh é sin freisin."

"Mo mhallacht orthu!" a scairt Páid.

"Déarfainn gur chuala siad go bhfuil sibse sa cheantar seo. Tá fórsa mór gardaí sa mbaile faoi láthair. Tá ráfla ann go bhfuil ceannaire an Bhrainse Speisialta anseo chomh maith."

"Bhfuil seans ar bith ann go bhféadfaimis bád eile a fháil?" a d'fhiafraigh Kurt.

Bhain Bilí searradh as a ghuaillí. "Ní dóigh liom é. Fiú dá n-éireodh linn ceann a fháil bheadh sé deacair teacht ar chriú chun é a sheoladh chun na Fraince."

"Níl criú ag teastáil. Tá taithí mhaith agam ar an seoltóireacht."

"Tá taithí agamsa freisin," a dúirt Máirín.

Chuimil Bilí a lámh lena smig. "Tá fadhb mhór eile ann. Tá an cuan sa Daingean faoi dhian-ghardáil*."

Chuaigh sé go dtí an doras. D'éist sé ar feadh nóiméid. Ansin chas sé ar ais chucu. "Molaimse daoibh fanacht i bhfolach anseo go ceann tamaill. Ansin d'fhéadfadh sibh filleadh ar Bhaile Átha Cliath agus cabhair a lorg ó Ambasadóir na Gearmáine."

"Ní féidir é sin a dhéanamh!" Chroith Kurt a cheann le fuinneamh. "Tá ordú faighte agam gan dul i dteagmháil leis an ambasáid. Tá na húdaráis ag faire

sciuird – *raid*
faoi dhian-ghardáil – *under heavy guard*

air. Beidh orainn smaoineamh ar phlean éigin eile."
Shín sé a lámh amach chuig Bilí. "Go raibh maith agat
as do chuid cabhrach."

"Nach bhfuil sibh chun fanacht anseo?"

"Caithfimid bualadh ar aghaidh." Chuaigh Kurt go
dtí an doras. Lean Páid agus Máirín é. D'oscail Bilí an
glas. "Tagaigí ar ais má thagann malairt intinne
oraibh."

* * *

Bhí méadú mór tar éis teacht ar an slua sa tsráid.
"Cá bhfuil ár dtriall anois?" a d'fhiafraigh Máirín.

"An Daingean."

"An Daingean... nach bhfuil sé dainséarach dul
ansin anois?"

"Féachaigí ar an taobh thall den tsráid!" a dúirt Páid
go tobann.
Stánadar agus chonaic siad beirt fhear ag teacht amach
as carr mór dubh. An Príomh-Cheannfort agus an
Breatnach a bhí ann.

"Isteach anseo linn!" a d'ordaigh Kurt.

Dheifrigh siad isteach i dteach tábhairne a bhí in
aice leo. Bhí scata beag ag an mbeár ag éisteacht le
seanfhear a bhí ag seinm ar chairdín. Tháinig freastalaí
anall chucu.

"Dhá phionta agus gloine seirí," a dúirt Páid leis.
Leag sé punt ar an mbord. Thóg an freastalaí an t-
airgead agus chuaigh ar ais go dtí an cuntar. Thóg an
ceoltóir sos. Thosaigh fear ar "An Ciarraíoch Mallaithe"

a chanadh. Tháinig triúr tincéir isteach sa tábhairne. Chuaigh siad go dtí an cuntar. Bhrúigh siad daoine as a mbealach. "Éirigh as an gcatachas sin*!" a scairt duine acu leis an amhránaí. Chas sé chuig an ceoltóir. "Cas suas rud éigin meidhreach ar an mbosca úd."

Thosaigh an ceoltóir ar phort a sheinm. Bhuail an tincéir a dhorn anuas ar an gcuntar. "Cén fáth nach bhfuiltear ag freastal orainn?" a scairt sé.

"Beidh mé libh i gceann soicind," a dúirt an freastalaí. "Thóg sé deochanna anonn chuig an triúr.

Stán an tincéir ar an triúr acu. "Féachaigí cé tá ann!" a scairt sé

"An diabhal tincéir sin," a dúirt Kurt lena chomrádaithe. "An fear a rabhas ag troid leis cúpla lá ó shin." Tháinig an tincéir go dtí a mbord. Thóg sé gloine Kurt agus shlog sé siar é.

"Níl aon trioblóid uainn sa tábhairne seo," a dúirt an freastalaí go neirbhíseach. "Tar ar ais go dtí an cuntar agus tabharfaidh mé pionta deas duit."

Thug an tincéir sonc dó. Chúlaigh an freastalaí uaidh. Stán an tincéir ar Kurt go dúshlánach*. "Thaitin do phionta liom."

"Bíodh ceann eile agat," a dúirt Kurt. Thug sé pionta Pháid don tincéir. Rinne seisean gáire go tarcaisneach agus d'ardaigh sé an gloine chun a bhéil. Shéid sé an cúr* isteach a súile Kurt. Thosaigh sé ag ól. Bhuail Kurt a dhorn go trom in aghaidh bhun an ghloine. Lig an tincéir scread ard phianmhar uaidh. Chaith sé meascán d'fhiacla is d'fhuil as a bhéal. Fuair sé greim scornaí ar

[97]

catachas – *caterwauling*
go dúshlánach – *challengingly*
cúr – *froth*

Kurt. Rinne Páid iarracht ar ar an tincéir a tharraingt siar. D'ionsaigh an bheirt tincéir eile é.

Rith an freastalaí go dtí an doras. "Gardaí!" a scairt sé go hard. "Tar i gcabhair orainn!"

Dheifrigh beirt gharda isteach sa tábhairne. Rinne duine acu iarracht ar an tincéir a tharraingt siar ó Kurt ach theip air. Chuaigh an garda eile i gcabhair air. Tharraing sé a smachtín* amach agus bhuail sé lámha an tincéara leis. Scaoil seisean a ghreim ar scornach Kurt. Shlog Kurt aer isteach ina scámhóga.

Thóg an chéad gharda leabhar nótaí amach as a phóca. "Cad is ainm duit?" a d'fhiafraigh sé de Kurt.

"Con Ó Cofaigh," a dúirt Páid.

"Nach féidir leis féin labhairt?" Scríobh an garda síos an t-ainm. Stán sé ar an tincéir. "Tá a fhios agam cad is ainm duitse. Bíonn tú sáite i dtrioblóid sa bhaile seo gach uair a thagann tú ann." Scríobh sé sa leabhar arís agus chuir ar ais ina phóca é. "Tá go maith. Caithfidh an bheirt agaibh teacht go dtí an stáisiún linn."

Thug na gardaí Kurt agus an tincéir amach sa tsráid. Tháinig scairt ard ón slua. Bhíothas chun an poc a choróiniú*. Thosaigh an slua ag brú isteach ar na gardaí. Scaradh iad óna gcimí.

"An bealach seo!" Tharraing Páid Kurt isteach i dtaobhshráid. Lean Máirín iad. Threabh siad a mbealach tríd na daoine agus shroiseadar an chearnóg ina raibh an poc. "Fanaimis anseo go ceann tamaill," a dúirt Páid. "Beimid folaithe* sa slua."

smachtín – *baton*
a choróiniú – *to crown*
folaithe – *hidden*

Caibidil a Fiche is a hAon

I gCRUACHÁS FÓS

(Éiríonn an tóraíocht níos géire)

Bualadh drumaí go torannach. Séideadh píopaí go hard. Tháinig mórshiúl* isteach sa chearnóig.

Laistiar den mbanna bhí loraí le mainséar adhmaid ar a raibh an poc ina sheasamh. Stán sé síos go fíochmhar ar an slua. I ndiaidh an loraí tháinig líne fhada carranna feistithe*le bratacha ildaite. Stop an mórshiúl ag an ardán.

Cuireadh coróin lonrach* práis idir adharca an ghabhair. Ansin d'ardaigh ulóg* é go dtí barr an ardáin. Lig an slua gáir mholta.

"Mo cheol é, Rí an Phoic!" a scairt fear in aice le Kurt. Thóg sé orgán béil as a phóca. Thosaigh sé ag seinm poirt go meidhreach. Fuair na daoine thart timpeall greim láimhe ar a chéile agus dhamhsaigh siad go fiáin.

Tarraingíodh Kurt, Máirín agus Páid isteach i ngrúpa damhsóirí. Séideadh fead. Tháinig buíon mhór Gardaí timpeall ar imeall na cearnóige. Thosaigh siad ag dul tríd an slua ag ceistiú gach duine. Rinne daoine sa slua agóid go láidir in aghaidh an chur isteach seo.

Sheas fear ag an micreafón a bhí ar an ardán. "A chairde, ní mór dúinn go léir comhoibriú leis na Gardaí. Tá fiosrúcháin ar siúl acu. Ní thógfaidh sé i bhfad."

[99]

mórshiúl – *procession*   lonrach – *shining*
feistithe – *decorated*   ulóg – *pulley*

"Táimid gafa sa dol*," a dúirt Páid le Kurt.

Stán sé timpeall. "Tá bearna sa tródam* thall ansin. Seo linn. "Thosaigh sé ag treabhadh a bhealaigh tríd an slua. Lean an bheirt eile é. Stop Páid ag imeall na cearnóige. Bhí capall agus cairt ina seasamh lasmuigh de thábhairne. Bhí an chairt lán le sacanna folmha.

"Isteach sa chairt leis an mbeirt agaibh!" a d'ordaigh Páid. Chuaigh Kurt agus Máirín isteach sa chairt. "Luígí síos." Luigh an bheirt síos. Chlúdaigh Páid iad le sacanna. Ansin shuigh sé suas ar an gcairt, fuair sé greim ar na srianta agus threoraigh sé an capall chun siúil.

D'fhágadar an baile. Thugadar aghaidh ó dheas. Tar éis tamaill chas Páid timpeall. "Is féidir libh suí aniar anois," a dúirt sé.

Bhain an bheirt na sacanna díobh. "Buíochas le Dia," a dúirt Máirín. "Bhí mé beagnach tachta faoi na sacanna lofa sin!"

"Cá bhfuilimid?" a d'fhiafraigh Kurt.

"Nílim róchinnte," a d'fhreagair Páid. "Táimid ag druidim i ngar do chrosaire*. Beidh cuaillí eolais* ansin."

Stop siad ag an gcrosaire. Bhí cuaille eolais dírithe ó thuaidh i dtreo Chill Orglain. Bhí cuaille eile dírithe ó dheas i dtreo an Daingin.

"Is dócha gur fearr dúinn aghaidh a thabhairt ar an Daingean," a dúirt Kurt.

Chroith Páid a cheann. "Róbhaolach," a dúirt sé.

"Beidh na Gardaí ag súil go rachaimid an treo sin. Beidh siad ag faire ar na bóithre isteach san mbaile."

gafa sa dol – *caught in the net*
tródam – *cordon*

i ngar do chrosaire – *near a crossroads*
cuaille eolais – *signpost*

Dhírigh sé a mhéar ar mhionbhóthar gan aon chuaille eolais. "Rachaimid an treo seo. Measaim go dtéann sé soir i dtreo Chontae Chorcaí."

"Cén chabhair é sin dúinn?" a d'fhiafraigh Máirín.

"Is ann atá an calafort i mBaile Chaisleáin Bhéarra. "Rinne sé miongháire. "Agus is ann a mbíonn a lán trálaeir Spáinneacha."

Chlaon Kurt a cheann. "Smaoineamh maith. Ach conas a éireoidh linn dul ar bord thrálaeir Spáinnigh?"

"Fág sin fúmsa," a dúirt Páid. "Tá cairde agam i mBaile Chaisleáin Bhéarra. Tá aithne mhaith acu ar fhormhór na gcaptaen Spáinneacha a bhíonn ag teacht isteach sa chalaphort."

Stán Máirín go héiginnte ar Pháid. "Tá an áit sin fada go leor ón áit seo. Conas a éireoidh linn an turas a dhéanamh?"

Thug Páid bosóg* do dhroim an chapaill. "Leis an gcapall is an gcairt seo. Ligimis orainn arís gur tincéirí sinn. Ba chóir go sabhálfadh sé sinn ar iomarca amhrais ar ár mbealach ó dheas."

Lig Kurt osna. "Tá súil agam nach gcasfaimid arís leis an tincéir úd a thug trioblóid dúinn i gCill Orglan," a dúirt sé.

"Beag an baol," a dúirt Páid. "Tá an lead sin i bpríosún anois, déarfainn..."

bosóg – *pat*

Caibidil a Fiche is a Dó

ÉALÚ

(Deireadh na tóraíochta)

Ag teacht i ngar do Chaisleán Bhéarra dóibh chonaic siad ga an tí solais ag drithliú* os cionn na farraige. Stop Páid an chairt leathchéad slat ón gcuan. "Ceann scríbe*."

Léim sé anuas ar an mbóthar. Lean Máirín agus Kurt é. Chuimil Kurt bun a dhroim. "Tá áthas orm go bhfuil an turas sin thart."

"Tá áthas ormsa freisin," a dúirt Máirín. "Bhíos am' chéasadh ag cnaipe sa chairt sin."

"Bogaimis ar aghaidh," a dúirt Páid. "Tá cónaí ar mo chairde istigh i lár an bhaile."

Threoraigh sé iad go dtí seanteach ard. Chnag sé ar an doras. D'oscail fear meánaosta in éide mhairnéalaigh é. Bhí aghaidh shíonchaite* air faoi stoth liath gruaige.

"Dia dhuit, a Thaidhg," a dúirt Páid. Stán an fear air. Ansin lig sé liú as. "Páid! Is tú an eorna nua tú!"*

Chuir Páid Máirín agus Kurt in aithne dó. "Tá céad fáilte romhaibh!" a dúirt Tadhg. "Tagaigí isteach".

Chuadar go léir isteach sa chistin. Bhí bean ag an tine ag déanamh arán gridille. Bheannaigh Páid di. "Mhuise, tá boladh breá ón arán sin, a Nóirín."

"Suígí síos," a dúirt Nóirín leo." Beidh béile breá

ag drithliú – *shining*
ceann scríbe – *journey's end*
aghaidh shíonchaite – *weatherbeaten face*
is tú an eorna nua tú – *you're a sight for sore eyes*

agam daoibh i gceann tamaillín."

Shuíodar. Mhínigh Páid cén fáth a tháinig an triúr acu go Caisleán Bhéarra. "Bhí an ceart agaibh an Daingean a sheachaint," a dúirt Tadhg. "Chuala mé go bhfuil sé plódaithe le póilíní ón mBrainse Speisialta. Bhí siad ag súil go rachadh sibh ann. Tá gach ball den eagraíocht sa cheantar gafa agus i bpríosún."

"Bhfuil mórán Gardaí san mbaile seo?" a d'fhiafraigh Kurt.

Chroith Tadhg a cheann. "Níl. Ní dóigh liom go dtabharfaidh siad trioblóid dúinn. Mar sin féin, ní mór dúinn bheith cúramach. Gheobhaidh mé éadaí mairnéalaigh don triúr agaibh. "Stán sé ar Mháirín. "Agus caipín mór duitse a chlúdóidh an folt breá gruaige sin atá ort."

"Ní gá duit aon bhréagriocht a ullmhú domsa," a dúirt Páid. "Táimse chun fanacht sa tír seo. Beidh a lán oibre ag teastáil chun an díobháil* a rinne an Breatnach a leigheas."

"An mbeidh an bheirt againne ábalta éalú ar thrálaer Spáinneach?" a d'fhiafraigh Kurt.

"Beidh. "Leath gáire ar aghaidh Thaidhg. "Tháinig sibh díreach ag an am ceart. Tá captaen ó Vigo ag filleadh ar an Spáinn maidin amárach. Táim an-chairdiúil leis. Rachaidh mé chun cainte leis fad is a bheidh béile á ithe agaibh."

"Suígí chun boird," a dúirt Nóirín leo. Chuir sí plátaí móra bia os a gcomhair. Nuair a bhí a chuid ite ag Páid shuigh sé siar agus lig sé osna ard áthasach as.

[103]

díobháil – *damage*

"Sin é an béile is fearr a bhí agam le fada an lá. Nár lagaí Dia thú, a bhean uasail."

"Bíodh tuilleadh agat," a dúirt Nóirín.

D'ardaigh Páid a lámh. "Má ithim blúire eile pléascfaidh mé." Stán sé ar Mháirín is ar Kurt. "Brostaígí oraibh. Caithfidh sibh éalú ar bord an trálaeir anocht. Beidh sibh ag cur chun farraige amárach le cúnamh Dé...

* * *

Scoilt an trálaer na tonnta. Lean na faoileáin é ar feadh tamaill. Ansin d'eitil siad ar ais go dtí an mhórthír* arís.

Sheas Kurt agus Máirín ar an deic. Bhí greim láimhe acu ar a chéile. Stán siad siar ar an gcalafort. Ansin chroitheadar lámha chuig Páid, a bhí ina sheasamh ar an gcé.

Chroith Páid a lámh ar ais chucu. D'fhan sé ag faire go dtí gur imigh an trálaer as radharc. Chas sé ansin agus d'fhill sé go mall ar theach a charad.

an mhórthír – *the mainland*

FOCLÓIRÍN

adhaint – *light*
adharc an ghramafóin – *the gramaphone horn*
aerú – *ventilation*
áiléar – *gallery*
aisteach – *strange*
am soip – *time for bed*
amhas – *boor*
anabaí – *immature*
an-ríméadach – *well-pleased*
aoi – *guest*
aoibh an gháire ar a béal – *with a smile on her lips*
Aonach an Phoic – *Puck Fair*
ar a theitheadh – *on the run*
ar ais nó ar éigean – *at all costs*
ar bís – *in suspense*
ar ghuthaíocht – *to a vote*
ardaitheoir – *elevator*
ard-shíleálach – *high-ceilinged*

babhla – *bowl*
baschrann – *door knocker*
bealach caoch – *cul-de-sac*
bearradh – *shave*
beoir – *beer*
bhí sí ina dá chuid déag timpeall orthu – *she danced attendance on them*
bindealán – *bandage*
bíodh cion a dhearmad aige – *let him stew in his own juice*
boladh cumhrachta – *smell of perfume*
bolú – *sniffing*
brainse speisialta – *special branch*
bratach mór – *large banner*
brathadóirí – *informers*
breacadh an lae – *at dawn*
breith gan machnamh – *hasty*

judgement
broidiú – *urge on*
bruth féasóige – *beard stubble*
buach – *triumphant*
bualadh arís – *another encounter*
bunáit – *base*

cairdín – *accordeon*
callaire – *loudspeaker*
caol – *narrow*
caolach – *wickerwork*
caolbhóthar – *narrow road*
caor – *blaze*
caora fáin – *lost sheep*
carbhán – *caravan*
casta – *complicated*
catachas – *caterwauling*
ceann scríbe – *destination*
ceannasaí foirne – *chief of staff*
ceanncheathrú – *headquarters*
chaoch sé a shúil – *he winked*
chuaigh sé thar a chorp – *he rolled over*
cillín – *cell*
cith – *shower*
cith piléar – *shower of bullets*
cláir nochta – *bare boards*
clóiséad – *closet*
cnapán – *bump*
cniog – *click*
códainm – *code name*
cogaint – *gnawing*
coimhlint – *struggle*
coinne phráinneach – *urgent appointment*
coinsíneacht – *consignment*
cóisir – *party*
comhad – *file*
comhairle a leasa – *good advice*

Foclóirín

comharthaí sóirt – *description*
comhghairdeachas – *congratulations*
comhla thógála – *trap door*
comhoibriú – *co-operate*
cor a thabhairt – *to give the slip to*
córas cumarsáide – *communications system*
coróiniú – *crown*
corraigh – *move*
coscán – *brake*
crann tógála – *crane*
criú – *crew*
cróchar – *bier*
cróite na bhfomhuireán – *submarine pens*
croíúil – *cheerful*
crúbáil – *scraping*
crúibíní muc – *pigs' trotters*
cuasán – *chamber (of gun)*
cúbadh siar – *to cover back*
cuimsitheach – *comprehensive*
cuireadh – *invitation*
cuireadh ó chóta é – *he was defrocked*
cúirt airm – *court martial*
cúirtéis – *salute*
cúisiú – *prosecute*
cuisle a fhéachaint – *test the pulse*
cúl a mhuinéil – *the back of his neck*
cultas Pan – *the cult of Pan*
cuma shnoite – *drawn expression*
cúr – *froth*

dallach dubh – *hoodwink*
dallóg – *blindfold*
daor – *dear*
de chois – *on foot*
de phlimp – *suddenly*
deis dheireanach – *last opportunity*
deochlann – *lounge bar*
dian-ghardáil – *heavy guard*
díchéillí – *foolish*

díocasach – *passionate*
díolaim – *anthology*
díoscán – *creaking*
discréideach – *discreet*
dleathach – *legal*
dlite – *due*
doicheallach – *unfriendly*
dorchla – *corridor*
dradgháire – *grin*
drancaidí – *fleas*
draoibeáilte – *muddy*
Dúchrónaigh – *Black and Tans*
dúrúnta – *grim*
dúshlánach – *challenging*
éag-ghonta – *mortally wounded*

eagraíocht – *organisation*
eas píosaí airgid – *cascade of coins*
eascaine – *swear*

faire – *watch*
fáisc – *tighten*
faisnéiseoir – *informer*
féachaint mhillte – *glare*
feall – *treachery*
fiabhras tíofóideach – *typhoid fever*
fiontar – *chance, risk*
fiosrach – *curious*
fiosrúcháin – *enquiries*
folaithe – *hidden*
fuildhoirteadh – *bloodshed*
fuinneamh – *vigorously*

ga an tí solais – *the beam of the lighthouse*
gabh agam – *forgive me*
gafa – *caught*
gafa sa dol – *caught in the net*
gáitéar – *drainpipe*
gaothscáth – *windshield*
gar – *favour*